人鼠之间

Of Mice and Men

[美] 约翰·斯坦贝克 / 著

王晋华 / 译

中国画报出版社·北京

图书在版编目（CIP）数据

人鼠之间 / (美) 约翰·斯坦贝克著；王晋华译. -- 北京：中国画报出版社，2022.7
ISBN 978-7-5146-2148-8

Ⅰ. ①人… Ⅱ. ①约… ②王… Ⅲ. ①中篇小说－美国－现代 Ⅳ. ①I712.45

中国版本图书馆CIP数据核字(2022)第115557号

人鼠之间

[美] 约翰·斯坦贝克 著　　王晋华 译

出 版 人：于九涛
责任编辑：郭翠青
营销编辑：孙小雨
责任印制：焦　洋

出版发行：中国画报出版社
地　　址：中国北京市海淀区车公庄西路33号　邮编：100048
发 行 部：010-88417438　010-68414683（传真）
总编室兼传真：010-88417359　版权部：010-88417359

开　　本：32开（880mm×1230mm）
印　　张：6.75
字　　数：76千字
版　　次：2022年7月第1版　　2022年7月第1次印刷
印　　刷：大厂回族自治县德诚印务有限公司
书　　号：ISBN 978-7-5146-2148-8
定　　价：49.80元

目录
CONTENTS

第一章

在索莱达往南的几英里（1英里≈1.6千米）处，萨利纳斯河开始顺着山脊的一边流淌，河水也随之变深，变绿，变暖，因为在注入这狭窄的河道（酷似一泓碧潭）之前，它流过了一片日晒充足的金色沙滩。在河岸的一侧，连绵的金黄色的山丘逶迤而上，一直延伸至岩崖嶙峋的加比兰山脉，而在河岸另一侧，水边则长满了树木——每到春天，这里的柳树便枝繁叶茂，绿意盎然，低枝上挂满了上一年冬天洪水冲下来的断枝枯叶。悬铃树低矮的白色枝条（上面布满了斑点）探伸到了颇似一泓池水的河面上。在有林木掩翳着的河边沙地上，积着一层厚厚的干透了的枯叶，就是一只蜥蜴从上面经过，叶子也会发出嚓嚓嚓的声响。晚上，兔子会从灌木丛中钻出来，到河边纳凉，潮湿的沙滩上会留下浣熊和农场牧羊犬柔软的掌印，还有野鹿夜间来河边喝水时留下的楔形蹄痕。

在柳树和悬铃木丛中有一条小径，这条小径因为有农场的孩子们前来潭中游泳，有流浪汉们走得乏累了，从公路上下来，在池边露宿，从而被踏成了一条硬硬的道儿。在一棵高大悬铃木的下部横着长出一根枝干，在这根枝干的前面有人们燃篝火烧下的一大堆灰烬；这根枝干由于有多人坐过，已变得很光滑。

这是一个炎热的夏日，已临近傍晚，林中开始吹起阵阵轻风。太阳光已经退到了山顶上。有不少野兔已来到河边的沙滩上，它们静静地卧着，宛若一个个小型的灰色石雕像。这时，从州内公路的方向，传来一阵悬铃木干脆的枯叶被踩踏的声音。野兔悄然、急速地跑往洞穴。一只长脚鹭吃力地拍动翅膀，笨拙地飞向河的下游。一时间，这里没有了生命的迹象。少顷，有两个人出现在小径上，他们朝着紧挨碧潭的那片空地走去；起先，是顺着小路，一前一后地行进，现在到了这片空地上，依然是这么走着。两人都穿着工装裤和上面缀有铜纽扣的工装外套，都戴着一顶很旧的黑帽子，两人的肩头都扛着一个毛毯卷儿。前面的那个人，手脚敏捷，矮矮的个子，黧黑的面庞，犀利、灵动的眼神，特征鲜明的五官。他身上的每个部位都长得挺有特点，手不大，却很有力；胳膊不粗，却都是硬硬的肌肉；窄窄的鼻梁高高地挺起。后面走着的那个人却和前者截然相反，是个又高又魁梧的汉子，他的面部没有任何特征可言，眼睛大而无神，宽宽的肩膀却是溜肩；他脚步沉重，行走时有点儿拖着脚，颇像熊走路的样子，胳膊松弛地垂在身体的两侧，只是由于他那双硕大无比的手的重力，才使他的胳膊产生了一些惯性的摆动。

前面的人走到空地时突然停住了脚步，后面的那个差点儿撞了上去。小个子脱下帽子，用食指抹着吸汗带上的汗渍，随后，再把手指上的汗水弹掉。他的那个大块头同伴把行李卷儿扔到地上，俯下身子，脸贴着水面，喝碧池中的水，他大口大口地喝着，发出咕噜咕噜的声响。小个子略显焦急地来到他身旁。

“莱尼！”他关切地说，“莱尼，看在上帝的分上，别喝那么多。”莱尼的嘴仍在池面上呼噜着。小个子弯下身，晃动着他的肩膀，“莱尼，你会像昨晚一样呕吐的。”

莱尼又一次把头连同帽子一起没到了水中，临了，他坐在了岸边，帽子上的水滴在他的蓝外套上，顺着脊背流了下来。“真痛快，”他说，“你快喝吧，乔治。你也好好地喝上一通。”他脸上都是快乐的笑容。

乔治也把他肩上的铺盖卷儿放在了堤岸上。“我不敢确定，这水能不能喝，”他说，“水中看上去有不少的浮渣。”

莱尼把他的大手掌伸进水里，撩着水玩，激起了水花，一圈圈的涟漪扩散开来，一直抵达对岸，又返了回来。莱尼看着水圈的扩散，激动地喊，“瞧，乔治，看我弄出的水圈。”

乔治蹲在池边，用手舀起水来迅速地喝了几口。“这水喝起来还行，”他说，“尽管看上去并不流动。不是活水你千万不要喝，莱尼。”随后，他又有些无奈地说，“不过，你要是渴了，连臭水沟里的水也会喝的。”他又捧了把水，敷到脸上，把脸连同下巴和脖子后面，都洗了洗。随后，他戴上帽子，离开河边，坐到堤岸上，屈起双腿，用手抱住了它们。一直在一旁看着的莱尼，丝毫不差地模仿起乔治的动作和姿势。他也退回到堤岸上坐下，用手抱住屈起的双腿，还瞧着乔治那边，看自己模仿得像不像。跟乔治一样，他也把帽子往下拽了拽，遮到了眼睛。

乔治有些闷闷不乐地望着水面。强烈的太阳光把他的眼睛周围晒得红红的。他生气地说：“要不是那个该死的司机胡说八道，我们本可以一直坐到农场那边的。‘顺着公路往前走，一会儿就到，’他说，‘走一点儿路就到。’谁知这一点儿路竟有足足的四英里远呢！他就是不想在农场门口停车，就是这么回事。懒得在那里给咱们靠边儿停一下。在索莱达停车，他觉得都是对咱俩发慈悲了。他在索莱达叫我们下车，说‘顺着路走一会儿就到’。我敢打赌，这段路足有四英里多。天气又他妈的这么热。”

莱尼怯生生地望着他，说：“乔治？”

“嗯，你想说什么？”

“我们这是去哪里，乔治？”

小个子把帽檐往下扯了扯，蹙着眉头望着莱尼说：“你又都忘了，是吗？我又得再告诉你一遍，是吗？上帝啊，你真是个傻瓜蛋子！”

“我忘记了，”莱尼轻声地说，“我尽力想要记住。我向上帝发誓，我尽力了，乔治。”

“好吧，好吧。我再告诉你一遍。反正我也没什么事干。我就这么一直地告诉你什么事情，临了，你全忘记了它们，完了我就再给你讲。”

“我一遍遍地记呀，记呀，”莱尼说，“可没有用，还是忘了。我记得那些兔子，乔治。”

“去他妈的兔子。你脑子里只有兔子。好了！现在听我说，这一次你得记住了，免得我们又有麻烦。你还记得我们在霍华德街上的那个鬼地方，盯着一块黑板看吗？”

莱尼的脸上一下子绽开了开心的笑容：“当然记得了，乔治。我记得……可……我们在那里干什么来着？我记得一些姑娘也来了，你说……你说……”

“别管我说了什么啦。你记得我们去了莫里和莱迪，在那儿领了工卡和公交车票吗？”

“噢，乔治，我现在记起来了。”莱尼把手迅速地伸进外套口袋里，随后小声地说：“乔治……我的卡不在了。一定是我把它弄丢了。”他沮丧地低头看着地面。

“就没有让你拿着，你这个傻瓜蛋子。两个卡都在我这儿呢。你以为我会放心让你拿着自己的工卡吗？”

莱尼此时松了口气，咧着嘴笑了，说道：“我……我以为我把它装在兜里了。”说着，他的手又再次伸进了口袋里。

乔治严厉地看着他，问道：“你从口袋里往外掏什么？”

“我兜里真的什么也没有，乔治。”

“得了，把它交出来。”

莱尼把手攥紧，放到了身后，说：“只是一只老鼠，乔治。”

“老鼠？是活的吗？”

“哦，不是。一只死老鼠，乔治。不是我把它弄死的，真的！我发现它的时候，它已经死了。”

“把它给我。”乔治说。

“哦，让我拿着它好吗，乔治？”

“给我！”

莱尼握着的手渐渐地松开了。乔治拿过老鼠，把它扔到了对岸的树丛里。“你要个死老鼠干吗？”

“在我们走路的时候，我可以用大拇指摩挲它。”莱尼说。

“不许你用手摸老鼠。我们现在是要到哪里去，你记住了吗？”

莱尼先是怔了一下，而后，不好意思地把脸掩在了他的两膝之间，说：“我又忘记了。”

“上帝啊，”乔治无奈地说，“得——你注意听着，我们这是要去一家农场干活儿，就跟我们在北边干过的那家农场差不多。”

“北边？”

“威德。”

“哦，我记得威德的那个农场。”

“我们现在要去的农场在河的下游，离这儿还有四五百米。我们去了要先见农场的老板。你听着——我将把咱们的工卡交给他。你一声也不要吭，就站在那里，什么也不要说。如果叫他发现了你是个傻瓜蛋子，我们就没活干了，可要是在他听你说话之前，先看到你干活的样子了，那咱们就能待在那儿了。你明白了吗？”

“明白了，乔治，当然明白了。”

“好的。当我们见到老板时，你该怎么做呢？”

“我……我，”莱尼竭力想着，整张脸因为在思考而绷紧了，“我……将一句话也不说。就这么站在那里。”

“好样的，真棒。你再这样说上两三遍，免得忘了。”

莱尼默诵着：“我将一句话也不说……我一句话也不说……一句话也不说……一句话也不说。”

“好了，”乔治说，“你再也不要像在威德那样惹出麻烦了。”

莱尼脸上出现了困惑的神情，问：“像我在威德一样？”

“噢，看来你是把那件事完全忘记了，是吗？唉，我也不打算再提醒你了，免得你再做一次那样的事情。”

莱尼脸上现出顿悟的神情，说：“他们把我们赶出了威德。”他终于想起了那件事，脸上现出一副胜利的表情。

“把我们赶出威德，呸。”乔治厌恶地说，“是我们逃出了威德。他们一直在追寻我们，可没能抓住我们。”

莱尼高兴得咯咯直笑：“敢跟你打赌，这我可没有忘记。”

乔治仰着躺在了沙地上，把两手交叉着放在脑袋下面，莱尼模仿着他的姿势，不时地抬起头来看看自己是否模仿得到位。“唉，你可真能惹麻烦，”乔治说，“如果没有你跟着我，我能活得多轻松，多自如啊。我能轻轻松松地活着，或许，还能有个女朋友。”

莱尼静静地躺了一会儿，临了，他满怀憧憬地说：“我们要去农场工作了，乔治。”

“是的，你终于把它记在脑子里了。不过，我们今晚将在这儿睡觉，我这么做，自有它的道理。”

天黑得很快。现在，只有加比兰山脉的顶端还有阳光照耀着，下面的河谷已开始暗下来。有条水蛇游过池子，它的头犹如一个小型的潜望镜露在水面上。芦苇在水流中轻轻地摇曳。在公路那边，有一个人喊着什么，另一个人回应着。一股轻风吹来，悬铃木的枝条发出一阵簌簌的声响。

“乔治——为什么我们不现在就去农场，在那里吃晚饭。”

乔治翻了一下身子，侧身躺下，说：“没有道理跟你讲。我喜欢在这儿。明天我们就要干活了。刚才在路上我看见了打谷机。这就意味着咱们要扛粮包，直到扛得把肠子也累断了。今晚我就躺在这里，看看天。我喜欢这样。”

莱尼跪了起来，低头看着乔治，说：“那么，我们不吃晚饭了？”

“当然要吃了。你去捡一些干柳枝来。我的铺盖卷里还有三罐豆子呢。在你把柴火准备好后，我就给你火柴。我们把豆子烧熟了当晚饭。”

莱尼说：“我喜欢在豆子上浇上番茄酱。”

“我们没有番茄酱。你去拾柴火吧，不要到处乱跑，天就要黑了。”

莱尼迟缓地站了起来，消失在树丛里。乔治仍然躺在那里，轻声地吹起了口哨。

从莱尼去的那个方向传来蹚水的声音。乔治停止了吹口哨，倾听着。“这个可怜的傻蛋。”他自言自语地说，随之又吹起口哨。

少顷，莱尼穿过树丛走了回来，手里拿着一根干柳枝。乔治坐起了身子。“噢，”他突然说，“把那只老鼠给我！”

莱尼却装出一副非常无辜的样子说：“什么老鼠，乔治？我没有啊。”

乔治伸出手来，说：“快给我。你别想能瞒得过我。”

莱尼变得犹豫了，他向后退着，眼神狂乱地望着树林那边，仿佛打算着要逃走似的。乔治冷冷地说：“你是把那只老鼠给我，还是要我揍你？”

“给你什么，乔治？”

“你知道得很清楚。我要那只老鼠。”

莱尼不情愿地把手伸进口袋里。他的声音开始变得哽塞："我不明白，为什么我就不能拿着这只老鼠呢。它也不是谁的，也不是我偷的，是我在路边捡的。"

不管莱尼说什么，乔治都没有收回手去。像只不愿意把球交还给主人的猎犬一样，莱尼慢腾腾地向前走了几步，又退回几步，随后又向前走了几步。乔治不耐烦地打了个响指，听到这声音，莱尼就把老鼠交到了乔治手上。

"我没对它做坏事，乔治。只是抚摩它了。"

乔治站起来，把老鼠抛向远处正在暗下来的树丛里，随后，他走到池水边，洗干净了手。"你这个傻瓜蛋子，你以为你涉水去拿老鼠，把脚弄湿了，我也看不见吗？"在听到莱尼的啜泣声后，他转过身来说："上帝啊！你这么大的块头，像个小孩儿似的哭？"莱尼的嘴唇战栗着，眼睛里噙着泪水。

“噢，莱尼！”乔治把手抚在了莱尼的肩膀上，“我扔掉它，并不是故意要欺负你。那只老鼠已经开始腐烂，何况你又摸破了它的皮。等你再捡到一只刚死了的老鼠时，我让你玩上一阵子。”

莱尼坐在地上，垂头丧气地耷拉着脑袋说：“我不知道哪里还会有老鼠。我记得从前有位太太常常给我老鼠——她会把她捉到的老鼠都给我。可那个太太又不在这里。”

乔治讪笑着说：“哦，太太？你甚至不记得那位太太是谁了吗？她是你的姨妈呀。后来，她不再给你了，因为你总是弄死它们。”

莱尼伤心地望着乔治。“它们太小了，”他不无遗憾地说，“我摸它们，可没多久它们就咬我的手指头，我捏了捏它们的脑袋，它们就死了——因为它们太小了。”

“我希望我们很快能有兔子，乔治。它们比老鼠要大得多。”

“去他妈的兔子。只要是活老鼠，都不能给你。你姨妈给了你一个橡胶老鼠，你又不要。”

“那个摸起来一点儿也不好玩。”莱尼说。

日落后的晚霞也从山顶上消失了，河谷笼罩在暮霭之中，在柳树和悬铃木的林子里，一切都已处在半明半暗之中。一条鲤鱼浮到水面上，大口地吸着空气，临了，又潜入到黑暗而又神秘的水中去了，池面上因此荡起一圈圈的涟漪。头顶上的树叶被风吹得簌簌地响着，柳絮随风飘下来，落到了水面上。

“你还去不去捡树枝？”乔治诘问道，“在那棵悬铃木树干后面，就有一大堆枯枝，是被洪水冲下来的。现在，你去把它们拿过来。”

莱尼到树后面，拿回一些干枯了的细枝和树叶，把它们扔在那堆灰烬上面，随后又去抱了几趟。天色几乎完全黑了下来。一只鸽子扑扇着翅膀从水面上飞过。乔治走过来，点着了枯叶。火苗在干枝中间渐渐地燃烧起来。乔治解开行李，拿出三罐豆子来。他把它们置在篝火旁边，靠近火焰，可又不触到火苗。

“这豆子足够四个人吃的。”乔治说。

莱尼望着火堆那边的乔治，又老调重弹起来：“我喜欢浇上番茄酱吃。”

“可现在没有，”乔治发着火说，“我们没有什么，你就要什么。上帝呀，我要是一个人，可以活得多自在啊。我可以找个稳定的活儿干，不会有任何的麻烦事。每到月底，便能挣到五十块钱，去城里买自己想要的东西。哦，我还可以一晚上都在妓院里找乐子。想到哪儿吃饭，就到哪儿吃饭，大酒店里或者是其他任何地方，想吃什么菜，就点什么菜。我每个月都可以这样活。我可以买上一加仑[1]的威士忌，或是开个台球室，在那里玩牌也好，打台球也好。”莱尼跪坐在那里，望着篝火对面生了气的乔治，脸上现出惊骇。“可我现在有什么呢？”乔治继续气狠狠地说，“只有你！你在哪里干活都长不了，总是害得我丢掉工作。害得我一直到处游荡。这还不是最糟的。你老是出乱子。你干坏事，有了麻烦，我不得不帮你摆脱。”他的声音几乎变成了喊叫，“你这个没脑子的杂种。你总是让我不得安生。”他摆出小女孩们彼此模仿对方时会有的姿势，“只是想摸摸那个女孩的裙子——只是想跟摩挲老鼠那样，摸摸她的裙子……噢，可他妈的她怎么会晓得你只是想要摸摸她的裙子？她猛地抽回了身

1. 加仑：英美国家使用的一种液体容量单位，1美制加仑≈3.8升。

子，像是手里捉着一只老鼠那样，你拽着人家的裙子就是不放。女孩喊叫起来，我们不得不一整天地躲在灌渠里，因为人们在到处找我们。一直等到晚上，我们才偷偷地跑出了那个地方。老是有这样的事情——总是有这样的事情发生。我真希望把你装进一只笼子里，再给你许多老鼠，就让你在那里面玩。”他的火气突然一下子全消了。他望着篝火对面莱尼脸上痛苦的表情，随即有些羞愧地低头看着火苗。

现在，天完全黑了下来，火苗照着周边的树干和他们头顶上垂下来的枝条。莱尼慢慢地绕着火堆，小心地爬了过来，跪坐在乔治的身旁。乔治把装豆子的罐子转动了一下，让它们的另一面冲着火苗。他装着没有发现莱尼已经来到他这边。

“乔治，”莱尼的声音非常轻，他没有听见回答，又叫道，“乔治！”

“你想干吗？”

“我只是说着玩的，乔治。我不要番茄酱，就是把番茄酱放在我面前，我也不会吃的。”

“如果有，你是可以吃上点儿的。”

“我不吃，乔治。我会全留给你的。你可以在豆子上浇上番茄酱，我一口也不吃。”

乔治的眼睛仍然忧郁地盯着火苗，说：“我一想到，没有你我能过得多快活，我就要疯了。我的内心从未得到过安宁。”

莱尼仍然跪在那里。他望着河对岸的一片黑暗问道：“乔治，你想让我离开你，留下你一个人吗？”

“你他妈的能去哪里呢？”

“哦，我可以去到前面的小山里。在那里，找一个山洞。”

“那你吃什么？你傻傻的，连吃的东西也找

不到。”

“我能找到的，乔治。我不要吃好吃的东西，也不需要浇上番茄酱。我躺在阳光下面，没有人会伤害我。如果我找到了一只老鼠，我可以拿着它玩。没有人会把它从我这里抢走。”

乔治迅速地用探寻的目光看着他问：“我对你不好了，欺负你了，是吗？”

“如果你不想要我，我可以到山里去，在那里找一个山洞。我随时都可以走。”

“不——你听着！我是跟你开玩笑的，莱尼。我当然想让你跟我待在一起了。至于老鼠，麻烦的是你总会把它们弄死。”乔治停顿了一下后说，“告诉你我将怎么做，莱尼。一有机会，我就给你弄一条小狗。或许，小狗就不那么容易死掉了。狗比老鼠强。你可以使劲地摸它。”

可莱尼并没有就此罢休。他意识到乔治此时

在感到愧疚。于是，他进而说道："如果你不想要我了，你只要吱一声就行，我会即刻去那边的山里——到那边的山里去独自生活。那样，就没有人偷走我的老鼠了。"

乔治说："我要你跟我在一起，莱尼。上帝啊，你一个人在山里，有人会把你当郊狼一枪打死的。不，你得和我在一起。即便是你已死的克莱拉姨妈，也不愿意让你一个人在外面瞎跑的。"

莱尼狡黠地说："那么，你就像以前那样，给我讲讲——"

"讲什么？"

"讲兔子。"

乔治有些不耐烦地说："你别以为我就那么好骗。"

莱尼恳求道："讲嘛，乔治。就像你以前那样，给我讲讲嘛，乔治。"

“你就喜欢听这个，是吗？好吧，我讲，听完了，咱们就吃饭……”

乔治的声音渐渐地变得深沉起来。他抑扬顿挫地讲着，好像这些话他以前已说过了许多遍似的：“像我们这样子在农场打零工的人，是世界上最最孤独的人。他们没有家人，也不属于任何一个地方。他们来到一个农场，干活攒上一些钱，然后进到城里就把它花光了。还没等你回过神来，他们便又到了另一家农场，累死累活地干上了。他们的生活一点儿奔头都没有。”

莱尼高兴起来，说道：“就是这——就是这个。现在讲我们是怎么样的。”

乔治继续说道：“至于我们就不同了。我们有美好的未来。我们有人说话，有人关心。我们不会因为没有地方可去，就在酒吧里赌博，把钱输个精光。其他那些人坐了牢，就是在监狱里烂掉了，也不会有人在乎。可我们就不一样了。”

此时，莱尼插进话来：“可我们就不一样了！为什么呢？因为……因为我有你照顾我，你有我照顾你，这就是我们之所以不一样的原因。”他高兴地笑了起来，“再接着讲，乔治。”

“你都记在脑子里了。你自己就能讲嘛。”

“不，你讲。我还是忘了一些的。说说我们将会怎么样。”

“好吧。不久的将来——等我们一块儿攒够了钱，我们就置上一所房子，几亩地，一头牛，再养上一些猪……”

“靠种我们自己的地过日子，”莱尼大声地说，“还有兔子。往下讲啊，乔治！告诉我在我们的花园里有什么，再讲讲关在笼子里的兔子，冬季的雨天，火炉，牛奶上面漂着厚厚的奶油，你不得不用刀子去切。说说这些，乔治！”

“为什么你不自己讲呢。你全知道啊。”

“不……我要你说。我说，就不一样啦，讲嘛，乔治。我是如何照料兔子的？”

“好的。”乔治说，“我们会有一片菜地，一个兔笼，还有小鸡。到冬天下雨时，我们才不去干活呢，我们会点着炉子，坐在炉火边，倾听雨点落在屋顶上的声音——不说了！”他从口袋里掏出小刀，“现在没有时间再往下讲了。”他把小刀捅进一个罐子的顶部，割掉了上面的盖子，将它递给了莱尼。接着，他打开了第二个罐子，又从侧兜里拿出两把小勺，把其中的一把递给了莱尼。

他们坐在火堆前，把豆子放在嘴里，使劲地嚼着。几颗豆粒从莱尼的嘴边滑落出来。乔治挥动着他的小勺说：“明天农场老板问你话时，你该怎么回答？”

莱尼停止了咀嚼，把嘴里的豆子咽进肚子里，脸上一副专注的神情说道："我……我……什么也不说。"

"好样的！很好，莱尼！或许，你这就会好起来的。等我们有了自己的地，我可以让你照看兔子，只要你能把这些都清楚地记着。"

莱尼得意自豪得都有点儿哽咽了。"我能记住的。"他说。

乔治又挥了一下小勺说："你听好了，莱尼。我想让你把这个地方好好看看。你能记住这个地方，是吗？顺着这条河，再往前走四五百米就是农场了。"

"没问题。"莱尼说，"我能记得这个地方的。我不是记住什么也不说了吗？"

"你当然是好样的。哦，听着，莱尼——一旦像以前那样又有了麻烦，你就到这个地方来，藏在那边的树丛里。"

“藏在树丛里。”莱尼慢慢地说。

“藏在树丛里，直到我来找你。你能记住吗？”

“我当然能，乔治。藏在树丛里，直到你来找我。”

“不过，你可不要再惹麻烦了，因为要是那样的话，我就不让你照管兔子了。”说着，他把吃完豆子的空罐子扔到了树丛里。

“我不会再惹麻烦了，乔治。我将一句话也不说。”

“好的。把你的行李拿到火边来。我们将在这里度过一个美好的晚上。能好好看看天上的星星和头顶上的树叶。不要往火里再添树枝了。让它自己熄灭吧。”

他们在沙地上铺开了行李，篝火在慢慢地减弱，火光能照到的地方越来越小了；弯曲的枝条已从视线中消失，只有近处的树干上还映着微弱的光。在黑暗中，莱尼突然大声说道：“乔治——你睡着了吗？”

“没有。你想说什么？”

“我们要有各种不同颜色的兔子，乔治。”

“那是当然的。”乔治带着睡意说，“红的，蓝的，绿的，我们养成千上万只兔子。”

“还有长毛兔，乔治，就像我在萨克拉门托集市上见过的那一种。”

“好的，还有长毛兔。”

“不然的话，我还不如走掉，住到山洞里去呢，乔治。”

“你干脆到地狱里去吧，”乔治说，“现在，闭上你的嘴。”

余烬中的红光变得越来越微弱。河对岸的小山上有郊狼在嚎叫，河岸这边的一条狗汪汪地叫着，给予回应。悬铃木的树叶在夜晚的微风中低语着。

第二章

农场的工人宿舍是一座长长的方楼。里面的墙壁都涂过了白粉，地板上没有刷漆。房子的三堵墙上都有些不大的方窗，第四堵墙上装了一个带有木头门闩的坚实大门。靠着墙壁摆了八张床，有五张床上铺着毯子，另外三张只是用粗麻布苫着。每张床铺的上方都钉有一个装过苹果的箱子，箱子中间加了一块板，隔成两层，口朝外开着，这是为这些床的主人所提供的放个人物品的地方。在这些木架上，摆满了各种小物品，肥皂、爽身粉、剃须刀，还有西部杂志，农工们喜欢看这类杂志，他们拿它们当笑料，可又相信里面的内容。木架上还放着药瓶、小罐子、梳子等。木架旁边的钉子上，挂着几条领带。靠着一堵墙的墙根，立着一个黑色的铁炉子，它的烟囱直直地从顶棚上穿了出去。屋子的中央，摆着一张很大的方桌，上面散落着扑克牌，桌子周围放着一些木箱，是供玩牌的人坐的。

早晨大约十点钟的时候，太阳从一扇小窗射进一道明亮的光束，尘埃在光里浮动着，苍蝇像流星一样来回穿梭于光束中间。

木头门闩挑起来一下，门开了，走进来一位高个子、背略有些驼的老人。他穿着一身蓝色工装，左手拿着一把大扫帚。跟在他后面的是乔治，在乔治后面的是莱尼。

“老板昨晚等你们来着，”老人说，“你们昨晚没能到达，今早出不了工，把老板气坏了。”他用右臂指了指——从袖筒里露出了他的像根棍子似的手腕，手腕前面没有手——说，“你们可以睡靠火炉的这两张床。”

乔治走过去，把他的铺盖卷儿扔到了充当床垫的稻草包上。他看了看钉在墙上的苹果箱架子，从上面取下一个小黄罐问道：“哦，这是什么东西？”

“我不知道。”老人说。

“上面写着‘可杀死虱子、蟑螂和其他害虫’。喂，你让我们睡的这是他妈的什么床啊？我们可不想让裤裆里长满虱子。”

老人把扫帚倒了一下手，将它夹在胳膊肘下面，腾出手接过罐子，仔细地看着上面的标签。“告诉你吧……”他说，“在你之前睡这张床的人是一个铁匠——一个非常不错、非常爱干净的人，是那种你愿意去交往的人。他甚至在饭后还要常常洗手。”

“那他怎么会有虱子呢？”乔治的心中渐渐生起一股怒气。莱尼把他的行李放在旁边的床上，然后坐下来，张着嘴看着乔治。“我告诉你吧，”这位老清洁工说道，“这个名字叫沃特尼的铁匠是这样一种人，即便这儿没有虱子，他也会备上这种东西的——只是为了保险起见，知道吗？我给你讲讲他是怎么做的……吃饭时，他会把煮熟的土豆剥皮，如果上面有什么斑点，他会把它们都抠掉了再吃。如果鸡蛋上有红点，他会把这鸡蛋刮掉一层。最后他离开，也是因为食物。他就是那种爱干净的人。星期天即便什么地方也不去，就在宿舍里待着，他也会打上领带，穿戴得整整齐齐的。”

“我不太相信你的话，”乔治有些怀疑地说，“你刚才说他是因为什么走的？”

老人把那个小黄罐装进口袋里，用断腕触了触他硬硬的白胡子茬儿说，“为什么……他……离开了，走掉的也不是他一个。说是因为食物。就是想要走呗。除了食物，没有给出其他原因。一天晚上，他突然说‘把工钱给我’，大家都那样。”

乔治掀开粗麻布床单，看了看下面铺着的东西。他俯下身子，仔细地查看着稻草包。莱尼马上也从床上起来，去检查他的床单下面。最后，乔治似乎终于满意了。他解开行李卷儿，把他的东西——剃须刀、肥皂、梳子、药瓶、外敷油和皮腕带——都置在了木架上。随后，把他的毯子放在床上铺好。老人说：“我想老板马上就到了。你们今天早晨不在这里，可把他给气坏了。在我们正吃早饭时，他进来说，‘这两个新工人到底是怎么回事？’完了把照看马厩的人也大骂了一顿。”

乔治抚平了毯子上的一个褶子，坐了下来。“把马夫大骂了一顿？”他问。

“可不是。你知道，那个马夫是个黑人。”

“黑人？”

“是的。可他人不错，后背被马给踢弯了。老板一生气就会冲他发火。不过，这马夫似乎倒并不在意。他爱读书。屋子里有不少书呢。”

“老板是个什么样的人？”乔治问。

“哦，老板是个好人。尽管他有时候爱发火，可人不错。你知道他在圣诞节是怎么做的吗？我跟你说，他把一加仑的威士忌酒拿到宿舍里来，跟大伙说：‘敞开肚子喝吧，孩子们。圣诞节一年只有一次。’”

“他真慷慨！整整一加仑威士忌？”

“是呀，先生。上帝啊，我们喝得真开心。那天晚上，他们让黑人马夫也来宿舍里了。一个叫史密提的小个子骡夫，追着他跑，还挺厉害的呢。人们不让史密提用脚踢，所以黑人马夫最终胜了他。如果他能用脚的话，史密提说，他一定能踢死这个黑人的。人们说，因为黑人的背驼了，史密提不能用脚。”沉浸在回忆中的他停顿了一下，“在这之后，人们都到索莱达去狂欢了。我没去，因为我老了，没有那个精神头儿了。”

莱尼在一边整理着他的床铺。此时，木头门闩抬起来一下，门打开了。一个身材又矮又胖的男子站在了门道里。他穿着蓝色牛仔裤和法兰绒衬衣，黑色的马甲没有系扣子，马甲外面又套了一件黑色的外衣。他的两个大拇指分别插在他皮带两侧的两个方形的不锈钢皮带扣上。他头上戴着一顶棕色的斯特森牛仔帽，脚上穿着一双带马刺的高跟靴子，这表明他不是一个普通做工的。

老清洁工很快地看了他一眼，而后一边拖着脚向门口走去，一边用断腕抚着他的胡子。“这两人刚刚到。”他说着走过老板身旁，出了宿舍的门。

老板以他短胖身材所特有的那种快捷的小步子，进到屋子里面说道：“我给莫利和莱迪写信说，我今天早晨需要两个工人。你们带工卡了吗？”乔治从口袋里掏出工卡，递给了老板。

老板看后说：“看来你们来晚了不是莫利和莱迪的错。工卡上明确地写着，你们应是今天早晨来这里的。”

乔治低头看着自己的脚，说：“公交车司机指错了路，让我们徒步走了十几英里。说我们没有按时到达，可早晨就没有开往这边的公交车呀。”

老板眯缝着眼睛说：“我不能让收粮队少了两个人就不出发了。你们就是现在去了，也派不上用场了，只有等到午饭以后了。”他从口袋里掏出一本记工册，翻到了夹着铅笔的那一页。乔治会意地向莱尼蹙了蹙眉，莱尼点了点头，示意他明白了。老板舔了一下铅笔的笔尖问："你们都叫什么名字？"

"乔治·米尔顿。"

"你的名字呢？"

乔治说："他叫莱尼·斯莫。"

老板记下了他们的名字。"哦，今天是二十一号，二十一号中午。"老板合上了记工册问，"在这之前，你们在哪里做工呢？"

"在威德。"乔治说。

"你也是？"老板问莱尼。

"是的，他也是。"乔治说。

老板用手指了指莱尼说："他不多说话，是吗？"

"是的，他很少说话，不过，他是个好工人。干起活来，跟头牛一样壮。"

莱尼暗自笑了起来。"跟头牛一样壮。"他重复道。

乔治冲他蹙起眉头，莱尼因自己忘记了乔治不让自己说话的告诫，而羞愧地低下了头。

老板突然说道：“听着，斯莫！”莱尼一下子抬起了头。“你能干什么活儿？”

在惊恐中，莱尼求助似的望着乔治。“他能做好你吩咐他的一切活儿。”乔治说，“他赶牲口是把好手。能扛粮包，开耕机，能干任何活儿。只要你让他做。”

老板转过身来对乔治说：“你为什么不让他自己回答？为什么你要替他说？”

乔治大声地说道：“噢！我没有说他脑子聪明，他并不聪明。可我说他是一个干活儿的好手，他可以扛起一个四百斤的大包。”

老板把记工册慢慢地放回到口袋里，然后用两个大拇指分别勾在他皮带的两侧，一只眼睛几乎眯缝得闭合了起来，问道：“说——你到底在搞什么鬼？”

“什么？”

“我说，你从你的这个朋友身上得了多少好处？是你拿走了他的所得？”

“没有，当然没有。为什么你会认为我从他那里捞取好处？”

“哦，我从未见过哪个人这么上心地去帮助另一个人。我只是想知道你这么做，能得到什么好处？”

乔治说：“他是我的一个……表弟。我向他母亲保证过，一定会好好照顾他。他小的时候头被马踢过，也没有留下什么太严重的后遗症，只是脑子不那么好使了。可是，他能做好你告诉他做的任何事情。”

老板半转过去身子说：“哦，谁都知道，扛粮包用不着好脑瓜子的。但是，你也别想蒙骗我，米尔顿。我的眼睛可是盯着你呢。你们是因为什么离开威德的？”

“活儿干完了。”乔治即刻回答说。

“什么活儿？”

“我们……我们挖了一个化粪池。”

“哦。不过，可不要想着玩花招，因为你们什么也瞒不了我的。比你们脑子好使的，我见多了。今天下午跟着收粮队一块儿出去干活。他们在打谷机那边收麦子。你们跟着斯林姆的那个队。”

“斯林姆？”

“是的，一个身材高大的骡夫。吃饭时你们会见到他的。”老板说完便转身往门口走去。不过，在走到门那里时，他又突地转过身来，盯着乔治和莱尼看了好一会儿。

老板的脚步声远了之后，乔治转过身来对着莱尼说：“一再地告诉你不要吭声。闭住你的臭嘴，一切由我来说。你看，险些让我们丢掉了这份工作。”

莱尼无助地看着自己的手，“我忘记了，乔治。”

“噢，你忘记了。你总是忘记，总得叫我多费口舌，帮你摆脱困境。”乔治心情沉重地在床前坐了下来。

“现在，他盯上了我们。我们务必要小心，出不得半点儿差池。从现在开始，你闭上你的大嘴巴。”由于懊恼，他陷入了沉默。

“乔治。”

“你又想干什么？”

“我的头没有被马踢过，是吗，乔治？”

“要是你被马踢了，倒好了。”乔治气狠狠地说，“那样的话，大家都省事了。”

“你说我是你的表弟，乔治。”

“哦，那是我编的谎话。我真庆幸这不是真的。要真有你这么一个亲戚，我非得开枪毙了自己不可。”他突然停下了，来到开着的门这里，往外面瞧了瞧，“噢，你他妈的在听什么？”

老人慢慢走进屋里。他手里拿着扫帚，身后跟着一条老得快要走不动的牧羊犬。它一身灰白的毛色，老得泛白的眼睛几乎连东西也看不清楚了。它有气无力、一瘸一拐地走到门对面那堵墙边卧下，在轻轻地呼噜了几声后，舔起了自己已被蛀坏的灰色皮毛。看着他的狗卧下来之后，这位清洁工才说：“我没听到，我刚打扫完了洗漱间，正站在阴凉地里给我的狗挠痒痒。”

“你在竖着耳朵偷听，”乔治说，“我不喜欢任何人多管闲事。”

老人不安地从乔治望到莱尼，又从莱尼望到乔治。“我刚刚站到这儿，”他说，“你们说的话，我一句都没听见。再说，我也没有兴趣去听。在农场干，就得对别人的事做到不去听，也不去问。”

“你这么做就对了，”乔治的火气不像刚才那么大了，“要想在一个农场里干得长久，就得这样。”清洁工的解释打消了乔治的疑虑。“进来坐会儿吧，”他说，“你的这条狗可真够老的了。”

“是的。从它还是个狗崽时，我就养着它了。上帝啊，几年前它还是一条棒棒的牧羊犬呢。”他把扫帚靠在墙上，用断腕触着他脸上的胡茬，“你觉得老板这个人怎么样？”

“挺好。看上去不错。”

“他是个好人。”清洁工说，“你得承认这一点。”

就在这时，一个年轻人走了进来。他瘦瘦的身材，黧黑的面庞，一双棕色的眼睛，一头浓密的卷发。他的左手戴着一只手套，跟他父亲一样，穿着带跟的靴子。“见我老爹了吗？”他问。

清洁工说：“几分钟前他来过这里，柯利。我想，他现在是去了厨房。”

“我去那儿找他。”柯利说。在他的眼睛扫过这两个新来的人时，他停住了。他先是冷冷地看着乔治，然后看着莱尼。慢慢地他的手臂弯了起来，两只手也攥成了拳头。他全身的肌肉变紧，摆出一副半蹲的姿势。在他打量对方的目光里，充满了挑衅。莱尼在他目光的逼视下，不安地蠕动着身体和双脚。柯利小心地靠近莱尼，问：“你们就是我老爹在等的新工人吧？”

“我们刚到了一会儿。”乔治说。

“让这个大块头回答。”

莱尼尴尬地扭动着身体。

乔治说：“要是他不想说话呢？”

柯利倏地转过了身子说：“哼，我问他，他就得回答。你这该死的在这里搅和什么？”

“我们是一起的。”乔治冷冷地说道。

“噢，原来是这么回事。”

乔治绷紧着身体，一动也没动，说：“就是这么回事。”

莱尼无助地望着乔治，不知该怎么做才好。

“你是不想让这个大块头说话，是吗？”

“如果他想要告诉你什么事，他会说的。”乔治朝莱尼略微点了点头。

“我们刚刚到。”莱尼小声地说。

柯利拿眼睛直视着莱尼说道：“哦，下一次再跟你说话时，你一定要回答。”他转身往门外走去，两个胳膊肘仍然略微地弯着。

见柯利出去之后，乔治转过身来对着清洁工说：“喂，这家伙是怎么搞的？莱尼根本就没有惹他嘛。”

老人小心地往门口那边瞧了瞧，在确信没有人听着时，才悄悄地说道：“他是老板的儿子，他的身手很敏捷的。在拳击场上有点儿名气，是个轻量级的选手。”

“他敏捷就敏捷呗，”乔治说，“那也没有必要跟莱尼过不去吧。莱尼跟他无冤无仇的，他为什么要找莱尼的碴儿呢？”

清洁工考虑了一会儿后说：“哦，让我来告诉你们是怎么回事吧。柯利跟许多的小个子男人一样，他恨大块头的人，总是找他们的碴儿。因为他长得小，所以总是生大块头的气。你也见过这样的小个子，不是吗？总想寻事？”

“你说得没错。”乔治说，“我见过不少爱滋事的小个子。不过，这个柯利可别错打了算盘。尽管莱尼不那么敏捷，可如果他要跟莱尼打的话，受伤倒霉的只能是他自己。”

“可柯利身手敏捷着呢。”清洁工半信半疑地说，“在我看来，这很不公平：要是柯利打个大个子并赢了人家，每个人都会夸柯利有多厉害。可要是他打输了，人们就会说，那个大个子该找个跟他差不多高的人去打，或许，他们还会一起上来揍那个大个子呢。在我看来，这很不公平，柯利这是不给别人任何的机会。”

乔治一直看着门那边。他预言似的说：“他最好是当心点儿莱尼。虽说莱尼不会拳击，可他强壮，动作迅速，不知道规则为何物。”乔治走到方桌前，在一个箱子上坐了下来，然后拿起了桌子上的一些牌，在手里洗着。

老人也在一个箱子上坐了下来，说：“不要告诉柯利我说的这些话，那样他会解雇我的。他一贯我行我素，从不在乎别人，他爹是老板，谁也不能把他怎么样。”

乔治切了牌，开始一张一张地把它们翻过来看，随后，把它们摆成了一摞。他说道：“我看柯利这家伙不像是个好东西。我讨厌这种小心眼儿的小个子。”

“我看他最近脾气变得更坏了，”清扫工说，“在几个星期前，他结了婚。老婆就住在老板的房子里。结婚以后，柯利似乎变得更加放肆了。”

乔治哼了一声说：“或许，他是显摆给他老婆看的。”

清扫工这时说得来了劲儿：“你看见他左手上戴着的手套了吗？”

“哦，看到了。”

“你知道吗，那只手套里涂满了凡士林。”

“凡士林？那是为什么？”

“哦，让我来告诉你，柯利要为老婆保持他那只手的柔软。”

乔治出神地看着自己摆出的牌。“把这样的事也告诉人，未免有些太下流了吧。”他说。

老人此时更放心了。他从乔治这里听到了贬低柯利的话，他觉得自己现在安全了，因此说起话来，底气更足了，他说：“等会你就能见到柯利的妻子。”

乔治又切了一次牌，然后慢慢地把牌一张一张地接龙。“她漂亮吗？”他随意地问道。

“是的，漂亮……只是……”

乔治专心地看着他的牌，问道：“只是什么？”

“噢——她总爱跟人眉来眼去的。”

“是吗？刚结婚两个星期，就跟别人眉来眼去？或许，这就是柯利坐立不安的原因吧。”

“我见过她给斯林姆抛媚眼。斯林姆是个很有本事的骡夫，是个好人。斯林姆不需要穿上高跟靴子，也能把收粮队领导得好好的。我看见她给斯林姆抛媚眼。柯利对此事一点儿也不知晓。我还见过她给卡尔森暗送秋波。”

乔治装出一副漠不关心的样子说：“看来我们要有好戏看了。”

清洁工从箱子上站了起来。“你知道我是怎么想的吗？”见乔治没有答话，他接着说，“哦，我觉得柯利娶了个……荡妇。”

“他又不是第一个，”乔治说，“娶了荡妇的男人多了。”

老人往门口走，那条老狗抬起头，四下望了望，吃力地站起来，跟在了他的后面。“我得给他们准备脸盆去了，收粮队很快要回来了。你们两个是来扛麦包的吗？”

“是的。”

“你不会把我说的话告诉柯利吧？”

“不会。”

“哦，先生，等看到她时，你就知道她是不是个荡妇了。”他迈出门槛，走到外面明媚的阳光里。

乔治若有所思地摆着牌，一次翻过来三张，在A那摞上面放了四张梅花。现在，方形的光影移到了地板上，苍蝇在这光束中间像火星似的飞舞。从外面传来了马具碰撞的叮当声和负重的轮轴的咯吱声。稍远处传来一阵清晰的喊叫声，先是“马厩老黑——嗨，马厩老黑！”然后是，“这个黑人到底到什么地方去了？”

乔治在盯着看了一会儿桌上的纸牌后，把牌收到了一起，又转过身来对着莱尼这边。莱尼躺在床上正看着他。

“我跟你说，莱尼，这个地方怕是不好待。我担心柯利这个家伙会找你的麻烦。我以前见过这种人。他是不会放过你的，他揣摩出你已经怕了他，一旦有机会，他就会揍你的。”

莱尼的眼睛里现出惊恐的神情。"我不想有麻烦，"他可怜兮兮地说，"不要让他打我，乔治。"

乔治站起来，走到莱尼的床前，坐了下来。"我恨那个狗杂种，"他说，"这种人我见多了。就像这个老头儿说的，柯利不会给别人机会的。他总是赢。"想了一会儿后他说，"如果柯利纠缠上了你，莱尼，咱们就得走人啦。不要犯这样的错误，莱尼，他是老板的儿子。你尽可能躲他远一点儿，好吗？不要跟他说话。在他来了这里时，你就远远地躲到墙角去。你能做到吗，莱尼？"

"我不想惹麻烦，"莱尼沮丧地说，"我从来都没惹过他。"

"他要是想寻事打架，对你一点儿好处也没有。不要和他有任何瓜葛。你记住了吗？"

"记住了，乔治。我不会跟他说一句话的。"

收粮队已经到了院子里，马蹄踏地的嗒嗒声、车闸制动的咔嚓声和拖链的叮当声响成一片。还有收粮队的人们此起彼伏的呼喊声。乔治坐在莱尼躺着的床前，焦虑得蹙起了眉头。莱尼怯生生地问，“你没有生气吧，乔治？”

“我没有生你的气。我是生柯利这个杂种的气。我本指望着在这里干活儿，攒上点儿钱——哪怕是攒上一百块钱呢。”他说话的语气变得坚决起来，“你躲开柯利，莱尼。”

“我会的，乔治。我一句话也不说。”

“不要让他有机可乘——但是——如果这个混蛋胆敢揍你——那就让他试试。”

“让他试什么，乔治？”

“没什么，没什么。到时候，我会告诉你的。我恨这种人。你听着，莱尼，一旦遇到麻烦，你还记得我让你怎么做来着吗？”

莱尼用胳膊肘支起身体，因为费力思考，他面部变得扭曲。临了，他可怜地看着乔治的脸说："如果我惹了麻烦，你就不让我照看兔子了。"

"这不是我要说的意思。你还记得我们昨晚是睡在什么地方的吗？记得在河边吗？"

"哦，我记得。哦，我当然记得啦！我将去那里，藏到树丛里。"

"藏起来等着我来找你，不要让任何人看到你，藏在河边的树丛里。把这句话再说上一遍。"

"藏在河边的树丛里，河边的树丛里。"

"如果你遇上了麻烦。"

"如果我遇上了麻烦。"

屋外传来马车刹闸的刺耳声音。随后，听到有人喊："马厩老黑——嗨，马厩老黑。"

乔治接着前面的话说道："你自己再重复上几遍，莱尼，免得忘记了。"

少顷，两人都抬起了眼睛，因为门道里的方形光影被遮挡住了。一个姑娘正站在那里，往里面瞧。这位姑娘丰满的嘴唇上涂着口红，两眼的间隔比较宽，脸上敷了厚厚的脂粉。她的指甲也染成了红的，头发烫成了跟香肠那样一束束的卷儿。她穿着棉裙和红拖鞋，在拖鞋内侧插着些红色的鸵鸟羽毛。“我在找柯利。”她说。她尖脆的嗓音里带着鼻音。

乔治把目光移开了一会儿，随后，又落在她的身上说：“他一分钟前还在这里，刚刚走了。”

“噢！”她把两只手叉在背后，身子倚在门框上，这样她的身体就向前探出了不少，“你们是刚来的工人，是吗？”

“是的。”

莱尼的眼睛从上到下地打量着她这向前探出的身体，尽管她似乎并没有看着莱尼，可她还是把她的这一站姿收敛了一点儿。她低头看着自己的手指甲。“柯利有时候会来这里。”她解释说。

乔治没好气地说：“哦，他现在不在这儿了。”

“如果他不在，我最好还是去别的地方看看吧。”她开玩笑似的说。

莱尼一个劲儿地入迷地望着她。乔治说：“要是我见到他，我会转告他你正在找他的。”

她调皮地笑着，扭动着身体。“没有人会怪我到处找人吧，”此时，她身后响起了脚步声，她扭回了头，“喂，斯林姆，是你啊。”

斯林姆的声音从门外传了进来：“嗨，美人儿。”

“我正在找柯利，斯林姆。”

“哦，你还是找得不太认真。我看见他回你们家了。”

她突然变得不安起来。“回见，小伙子们。”在急匆匆地出去后，她又回过头来喊。

乔治转过身来看着莱尼。“上帝啊，这是怎样的一个荡妇啊，”他说，“这就是柯利找的老婆吗？”

“她很漂亮。”莱尼为她辩护道。

“是的，她无疑也在显摆她的漂亮。她这副样子以后可够柯利操心的。她会为二十美金就跟别人跑了的。”

莱尼的眼睛仍然还盯着她刚才站过的门道说：“天哪，她真漂亮。”他脸上流露出赞赏的笑容。乔治迅速地看了他一眼，揪住了他的耳朵，使劲地晃着。

“听我说，你这个浑蛋疯子。”他厉声说道，“我不许你再看那婊子一眼。我不管她说什么、做什么，这种如祸水一般的女人我以前见得多了，可像她这样会给人带来致命灾祸的，我还是第一次见到。你离她远点儿。”

莱尼尽力想要把他的耳朵从乔治手中挣脱出

来，他说："我什么也没做，乔治。"

"是的，你没做。可当她站在门口，亮着她的大腿时，你的眼睛可从未离开过她的身上。"

"我从来都没想过做坏事，乔治。真的，从来没有。"

"总之，你离她远点儿，因为她要不是个老鼠夹子，这个世界上就没有人是了。我们让柯利去做那个被她夹住的老鼠吧，那是他自找的。这个手套里涂满了凡士林的家伙。"乔治不无厌恶地说，"我敢打赌，为了增强性功能，他一定还在吃生鸡蛋，跟大夫订购这方面的特效药呢。"

莱尼突然喊了起来："我不喜欢这个地方，乔治。这个地方不好，我想离开这个地方。"

"我们得等挣到了一些钱再走。我们没有别的办法，莱尼。我们会尽可能快地离开这里。和你一样，我也不喜欢这个地方。"乔治回到桌子跟前，开始重新摆牌。“对，我不喜欢这里。”他说，“咱们挣上点儿钱就走，只要我们口袋里有了点儿钱，我们就可以到河的上游去淘金。在那里，我们一天或许能挣上几块钱，也许还能发财呢。”莱尼急切地俯过身来说：“那我们走，乔治。我们离开这儿。这个地方叫人挺担惊受怕的。”

“我们得待下去。”乔治简短地说，“现在你就住嘴。人们很快要进来了。”

从隔壁的洗漱间传来流水和洗刷的声音。乔治看着他摆出的牌。“或许，我们也该去洗一下，”他说，“不过，我们什么都没干，还不脏。”

一个高个子男人站在了门道里。他将一顶皱巴巴的斯特森帽夹在胳膊下面，向后梳着他又长又湿的黑发。和其他人一样，他也穿着蓝色工装裤和牛仔短外套。梳完了头发，他进到屋子里，他的步态俨然像是皇室成员或是一名大工匠。他就是骡夫们的领队，农场的王子，能同时驾驭十四、十六匹甚至二十四骡子，让它们排成单行乖乖地行进。他能用鞭梢抽死落在车辕上的一只苍蝇，而不会让鞭子触到牲口。在他的行为举止间有一种令人钦佩的沉稳和尊严，只要他一开口，别人就会闭上嘴听他讲。他的权威性也是毋庸置疑的，他说出的意见没有人不赞同，无论是有关政治的，还是有关爱情的。他的名字叫斯林姆。从他瘦削、棱角分明的脸上，看不出年龄。他也许三十五岁，也许五十岁。他能听出说话人言语后面的意思，在他缓慢的话语中有着比思想更多的意蕴，饱含着对对方的理解和同情。他的一双又瘦又大的手，灵活和敏捷得犹如庙宇中的舞者一样。

他把压扁的帽子往平里抚了抚，又捏起中间的褶子，把它戴在了头上。他和蔼地望着宿舍里的这两个人。“外面亮得很，”他声音很轻地说，“乍一进来，几乎什么都看不见。你俩是新来的吧？”

“是刚刚到的。”乔治说。

“来扛粮包？”

“老板是这么说的。”

斯林姆在乔治对面的一个箱子上坐了下来。他看着桌上从他这边看是颠倒着的纸牌接龙。“希望你们俩能来我这个队，”他说，“我队里有两个人连麦包和蓝色的球也分不清楚。你们以前扛过麦包吗？”

“扛过。”乔治说，“我没有什么可吹嘘的，可我身边的这个大块头扛麦包，一个人绝对能顶两个人。”

听到这赞许，眼睛一直盯着这两人的莱尼脸上也露出得意的笑容。斯林姆很欣赏乔治能这样赞扬同伴，他探过身子，从桌上捏起一张散牌的牌角。“你俩是一起的？”他语气温和地问。无须强求，他便能赢得对方的信任。

“是的。”乔治说，“我们相互照应对方。”他用大拇指指了指莱尼，“他脑子不聪明，可干活儿是把好手。是个好人，只是脑子笨点儿。我认识他很久了。”

斯林姆的眼睛越过乔治，看向远处。“现在没多少人能结伴而行了，”他若有所思地说，“我也不知道怎么会成了这样。或许是这世界上的每个人都彼此戒备对方了。”

“有个你熟悉的人做伴，还是挺好的。”乔治说。

一个强壮有力、肚子很大的人走了进来。刚刚洗漱过，他的头上还往下滴着水。“嗨，斯林姆。”他说着停下脚步，眼睛看着乔治和莱尼。

“这两个人是刚刚来的。”斯林姆介绍道。

“很高兴见到你们，”这位壮汉说，“我叫卡尔森。”

“我叫乔治·米尔顿，这位是莱尼·斯莫[1]。”

“很高兴见到你们。”卡尔森再次说道，“可他一点儿也不小啊。”对自己开的这个玩笑，他咯咯地笑出声来，“一点儿也不小。”他重复道，“我想着要问你呢，斯林姆——你的那只母狗怎么样了？今天早晨，我没见它在你的马车底下。”

“它昨晚下了狗崽，”斯林姆说，“下了九个。我溺死了其中的四个。它养不活那么多的。”

“那还留下了五个，是吗？”

“是的，五个。我留下了五个大一点儿的。”

“你看它们是什么种类的狗？”

“不太清楚。”斯林姆说，“我觉得是种牧羊犬吧。它发情那段时间，在它周边的大多是牧

1. 斯莫，英文原文是“Small”，小写时是小的意思，这里大写用作了人名。

羊犬。”

卡尔森接着问：“嗯，五只小狗，你要把它们都留在身边吗？”

“还不知道，”斯林姆说，“我先得都养着，以便让它们能喝到露露[1]的奶。”

此时，卡尔森说出了他的心事：“哦，斯林姆，我一直在想着这么个事儿：坎迪的狗真是太老了，几乎走也走不动了。而且，浑身还发着臭味。每次它来过宿舍后的两三天里，我都能闻到它的那股味儿。为什么你不叫坎迪杀了他的狗，然后给他条小狗让他养呢？在一英里之外，我便能闻到它的臭味。它的牙齿全脱落了，眼也快瞎掉了，连东西也吃不了了。坎迪只好喂它牛奶，别的什么东西也咬不动了。”

1. 露露，是斯林姆的狗的名字。

乔治一直目不转睛地瞧着斯林姆。外面突然响起了三角铁的敲击声，先慢后快，一直快到这敲击声浑然汇成了一片。它的停止跟它的敲响一样的突然。

“吃饭了。”卡尔森说。

外面，有一大群人闹哄哄地走了过去。

斯林姆不失庄重地慢慢站了起来，说：“你俩最好是趁现在饭厅里刚开饭，赶快去吧。几分钟后，饭就会被吃光了。”

卡尔顿往后站了站，让斯林姆在前面，两人一前一后走出了宿舍。

莱尼激动地望着乔治，乔治把纸牌胡乱地摞了一下。“噢！”乔治说，“我都听到了，莱尼。我会跟他要的。”

“要一条棕白花的小狗。”莱尼兴奋地喊道。

“走，去吃饭。噢，我不知道他有没有这样一条花色的狗。”

莱尼在床上没有动，说："你这就去问他，乔治，免得他再杀死几条。"

"好的。快起来吃饭去。"

莱尼从床上下来后，两人开始往门口走。正要走出宿舍门时，柯利急匆匆地闯了进来。

"你们见一个姑娘来过这里吗？"他气冲冲地问。

乔治冷淡地说："她半小时前来过这里。"

"她到这里干什么？"

乔治静静地站在那里，望着这个火冒三丈的小个子男人。他不无嘲讽地说："她说——她是在找你。"

柯利似乎是第一次真正地注意到了乔治。他的眼睛急速地扫过乔治的全身，打量着他的身高，目测着他出手的范围和他敏捷的腰身。"哦，她往哪个方向去了？"他最后问。

“我不知道，”乔治说，“她走的时候我没注意。”

柯利蹙着眉头看了看他，转过身急匆匆地走了。

乔治说：“你知道吗，莱尼，我担心自己会跟这个杂种干上架的。我从骨子里讨厌这个人。上帝啊！快走，再晚我们就什么也吃不到了。”

他们走出门外。阳光在窗户下面洒下一道金线，不远处传来碗碟磕碰的声音。

不一会儿，那条老狗一瘸一拐地走了进来，边走边用它那半瞎的眼睛（不失温和）四下望着，用鼻子嗅着，临了，它卧了下来，把头伏在了它的两只前爪中间。柯利又突然出现在门口，站在门外往里面窥探。狗抬起了头，可当柯利忽然又离开时，它的毛色斑白的头又伏在了地板上。

第三章

尽管傍晚有亮色从宿舍的窗户上透进来，可屋子里仍显得昏暗。从开着的门里，传进来马蹄铁投掷游戏的喧闹声，中间夹杂有金属落地的当啷声响，还有人们的喝彩声或是讪笑声。

斯林姆和乔治一块儿走回黑乎乎的宿舍。斯林姆摸黑到牌桌那里，打开一盏遮着锡铁罩子的电灯。刹那间桌子上被照得明晃晃的，这圆筒形的灯光直照到桌子周边的地板上，而房间的各个角落仍然是黑暗的。斯林姆坐在了桌边的一个箱子上，乔治坐到了他的对面。

“这没有什么的。”斯林姆说，“反正我也得把它们中的大多数都溺死。你不必为此谢我。”

乔治说：“这对你来说或许没有什么，可对莱尼，却太重要啦。上帝啊！我真不知道我们怎么才能把他弄回到这里来睡觉。他会跟它们一起睡在谷仓里的。他会爬进那箱子里，跟狗待在一起，我们很难阻止得了他。”

“这真的没有什么。”斯林姆说，“对了，你之前说的一点儿没错。或许莱尼并不聪明，可我还从未见过一个像他这么能干活儿的人。他差点儿把扛麦包的搭档给累死。没有一个人能赶上他的速度。天啊，我从来没有见过这么强壮力大的人。”

乔治不无骄傲地说：“只要是无须动脑筋的事，

你告诉莱尼去做，他一定会把它做好。他自己不知道该怎么做，但他绝对服从你的命令。”

外面又传来马蹄铁碰到铁棒上的声音和一阵喝彩声。

斯林姆稍稍往后靠了靠身子，让灯光不再照在他的脸上，他问：“想起来挺有趣的，你和他怎么能到了一块儿呢？”这是斯林姆想和对方聊聊知心话的一种婉转的表达。

“这有什么有趣的？”乔治反问道，心里开始有所戒备。

“噢，我也说不好。现在几乎没有人结伴而行了。几乎再看不到两个人出来一起闯荡的。你也知道，那些帮工是怎么回事，他们只身来到一家农场，在宿舍里住下来，干上一个月，然后辞了工，就自个儿走了。似乎从来也没有在乎过别的什么人。像他这么傻的一个人和你这么精明的一个小个子，能结伴出行，难免让人觉得有趣。”

“他并没有那么傻，”乔治说，“他不肯说话，可他并没有疯掉。而我也并非那么聪明，否则的话，我就不必扛麦包，挣这五十块钱加食宿费了。如果我聪明，如果我稍精明一点儿的话，我就该有自己的一块地，收获我自己的庄稼，而不是到处打零工，给别人收庄稼了。”乔治停了一下。他想有个说说话的人。斯林姆既没有鼓励，也没有想要去打断他，只是静静地坐在那里听着。

“我和他结伴而行这件事，并非像你所想的那么有趣。”乔治最后说道，“我和他都出生在奥本，我认识他的姨妈克莱拉。他打小儿就跟着他姨妈，是他姨妈把他养大的。他姨妈死后，他便一直跟着我在外面打工。不久，我们俩便习惯了在一起。”

“嗯。”斯林姆说。

乔治望着对面的斯林姆，看见对方的那双能洞察一切的眼睛在平静地注视着自己。“有趣的是，”乔治说，“我和他在一起总能找到乐子。我总是开他的玩笑，因为他笨得连自己都照顾不了。他太笨啦，你开了他的玩笑，他甚至都不知道。有段时间我可开心了。和他在一起，便显得我自己太精明了。哦，他愿意做我吩咐他的任何事情。如果我告诉他去走悬崖，他也会去的。时间长了，就没有那么逗了。我跟他开玩笑，他也从来没有生过气。就算我揍他一顿，他也不会生气的。尽管他用他的拳头能打碎我身上的每根骨头，可他从来没有对我动过一个手指头。”乔治的语调里带上了忏悔的成分，“让我来告诉你是什么使我停止了这么做的吧。那一天，在萨克拉门托河岸上，站着一群人。我想要个小聪明，就转身告诉站在我旁边的莱尼说，‘跳下去。’我话音刚落，他就跳下河去了。他根本不会游泳。在我们救起他之前，他几乎差点儿被淹死。待我把他救上岸来，他却感激不尽，完全忘记了是我叫他跳下去的。噢，以后我便再也没有搞过那样的恶作剧了。”

“他是个好人。”斯林姆说，“并不是人聪明了才能做好人。在我看来，有的时候恰恰相反。一个非常精明的人往往很难成为一个好人。”

乔治整理起桌上的散牌，又开始摆起接龙。外面响起了脚步声。窗外傍晚的亮色仍然能勾勒出四方窗户的轮廓。

“我没有别的亲人，”乔治说，“我看见来农场打工的人都是独自来的。那样不好。他们没有一点儿乐趣。一个人待的时间长了，他们就变得卑鄙了，总想滋事打架。”

“是的，他们变得卑鄙了。”斯林姆表示着他的赞同，“他们渐渐变得不想跟任何人说话了。”

“当然啦，在很多时候，莱尼都是他妈的很烦人的，”乔治说，“可你一旦习惯了和一个人在一起时，你就离不开他了。”

“莱尼不卑鄙。”斯林姆说，“我能看得出来，莱尼一点儿也不坏。”

“他当然不坏了。但他总是招来麻烦，因为他的脑子太笨了。比如说在威德发生的那件事……”他手中翻着一张牌，突然停住了。他脸上现出惊慌的神色，偷偷地望着斯林姆，“你不会告诉任何人的，是吗？”

“他在威德怎么了？”斯林姆平静地问。

“你不会告诉别人的，是吗？——你当然不会了。”

“他在威德怎么了？”斯林姆又一次问。

“哦，他看到一个穿红色连衣裙的女孩。他这个傻瓜蛋子见到他喜欢的东西，就想要去摸一摸。他只是想要摸一摸。于是，他伸出手去摸那件红色的连衣裙，那个女孩吓得尖叫起来，这让莱尼一下子慌了手脚，他死死地抓着那件连衣裙，因为他已不知道撒手。噢，那个女孩叫呀，叫呀，我听到叫声跑了过去，那个时候，莱尼已经不知所措，只知道拽着不撒手。我用一根篱栅敲击他的头部，让他松手。他吓坏了，拽着那件连衣裙怎么也不松手。他这家伙比牛都壮，你知道。”

斯林姆的眼睛眨也不带眨地直视着乔治。他缓缓地点了点头问：“后来怎么样了？”

乔治认真地摆着纸牌说：“噢，那个女孩已经被吓蒙了，她告诉警察说有人强奸她。韦德当地的一帮人聚集起来要对莱尼用私刑。所以，在那一天剩下的时间里，我俩都躲进了灌渠里。我们把脑袋露在渠水上面，用芦苇遮挡住头顶。当天晚上，我们就跑掉了。”

斯林姆默默地坐了一会儿。“没有伤着那女孩吧？”他最后问。

“没有。他只是把她吓坏了。如果被他抓着的人是我，我也会吓坏的。不过，他绝对没有伤害到她。他只是想要摸摸那件红色的连衣裙，就像他总想要抚摩小狗一样。”

“他一点儿也不卑鄙。”斯林姆说，“我远在一公里之外，就能看出一个人是否卑鄙。”

“他当然不了，我告诉他的任何事情，他都会……”

莱尼进了宿舍的门。他把他的蓝色外套像斗篷那样披在肩头，弓着身子走了过来。

“嗨，莱尼，”乔治说，“你喜欢那条小狗吗？”

莱尼喘着粗气说，“它是棕白花的，正是我喜欢的那一种。”说完他直接走到他的床前，头冲着墙躺下，把两条腿弯曲了起来。

乔治一本正经地放下了手中的牌。“莱尼。”他声音严厉地说。

莱尼扭过脖子，往乔治这边看着。

“哦，什么事，乔治？”

“我告诉过你，不能把小狗拿到这里来。”

“什么小狗，乔治？我没有呀。”

乔治咚咚地走过来，抓住莱尼的肩膀，让他翻过来身子。乔治伸出手，从他衣服下面，他的怀里，把小狗掏了出来。

莱尼一下子坐了起来，说：“把它给我，乔治。”

乔治说：“你马上起来，把小狗送回它的窝里。它得跟它的母亲睡在一起。你想把它弄死吗？昨晚刚生下，你就把它从窝里抱了出来。你送它回去，不然的话，我让斯林姆跟你要回去这条狗。”

莱尼央求似的伸开双手说：“把它给我，乔治。我这就把它送回去。我没想伤害它，乔治。真的，我没想伤害它。我只是想摸摸它。”

乔治将小狗递给了他，说：“好吧，你现在就把它送回去，再也不要把它从窝里拿出来。否则的话，等你回过神来时，它已死在你的手里了。”莱尼拿着狗朝屋外跑去。

斯林姆坐着没有吭声。他平静地望着莱尼出了宿舍的门。“上帝啊，”他说，“他简直像个孩子，不是吗？”

“他就是像个孩子。像个小孩子一样，没有任何的坏心眼，除了他壮得像头牛之外。我敢打赌，他今晚不会回来睡觉了。他会睡在谷仓里那个放狗的箱子旁边。噢——随他去吧。他在那里不会作害的。”现在外面几乎全黑了下来。老坎迪，那个清扫工，走了进来，他的那条老狗踉跄地跟在他后面。“喂，斯林姆、乔治，你们没去玩投掷马蹄铁的游戏吗？”

“我不想每天都玩那个。”斯林姆说。

坎迪接着说："你们谁有威士忌酒呢？我肚子疼。"

"我这儿没有。"斯林姆说，"要有我自己早就喝了。再说，我也没有肚子疼。"

"肚子疼得厉害，"坎迪说，"都怪那该死的萝卜，在没吃它之前，我就知道会是这样。"

壮汉卡尔森从院子里走进来，到了屋子的另一头，打开了宿舍里第二盏遮有罩子的灯。"屋子里真黑，"他说，"噢，那个黑人可真会扔马蹄铁。"

"他的投掷技术是很棒。"斯林姆说。

"是不错，"卡尔森说，"他不给其他任何人赢的机会……"他突然停下了，用鼻子一个劲儿地嗅着，低头看到了那条老狗，"天啊，这狗真臭。把它弄出去，坎迪！再也没有比这条老狗更臭的东西了。你快把它弄出去。"

坎迪翻了一下身，挨到床沿。他探出手去拍拍他的老狗，不无抱歉地说："我总跟它在一起，所以闻不出它身上的味儿来了。"

"我可受不了它在这儿。"卡尔森说，"这臭味在它离开后仍然留在屋子里。"他迈着他的两条粗腿，来到狗这里低头看着它。"连牙也没有了，"他说，"它患的风湿病使得它四肢僵硬。它对你真的没用了，坎迪。它自己活得也难受。你为什么不用枪了结了它的生命，坎迪？"

老人的身体在床上不安地蠕动着。"哦——真是见着鬼了！它跟了我这么多年了。从它还是个小狗崽，我就养着它了。它跟我一块儿放羊。"他不无骄傲地说，"你现在看它，觉得它不怎么样了，可它当年却是我所见过的最好的牧羊犬。"

乔治说："我在威德见有人养过一条会放羊的梗犬，它是从别的狗那里学会这本领的。"

卡尔森并未就此罢休。"你看，坎迪，它自己活着也受罪。如果把它领出去，贴着它的脑袋后面开一枪，”——他俯下身子，指着狗的后脑勺——“就是这个地方，它会走得毫无痛苦的。”

坎迪不悦地往四下望了望。“不，”他轻声说，“不，我下不了手。它跟我在一起的时间太长了。”

“它活着已经没意思了，”卡尔森说，“它臭气熏天。我跟你说，我会代你杀掉它。这样的话，它的死就与你无关了。”

坎迪把两条腿耷拉在床前，他不住地搔着他脸颊上的白胡子茬儿。“我跟它相处的时间太久了，”他轻声说，“从小狗崽就养着它了。”

“是的，可你这样让它活着，对它好吗？”卡尔森说，“哦，斯林姆的狗下了一窝小崽。我敢打赌斯林姆会给你一只让你养的，对吗，斯林姆？”

骡夫领队一直平静地看着那条老狗。“是的，”

他说，“如果你想要，就给你一只。”他似乎从他的沉静中挣脱出来，“卡尔森是对的，坎迪。这条老狗活着对它自己都没有任何好处了。要是我老了，腿也瘸了，我宁愿让人拿枪打死我。”

坎迪有些绝望地望着斯林姆，因为他的意见就是法令。“或许，它会觉得痛的。”坎迪说，“我不介意继续养着它。”

卡尔森说：“我射击它时，不会让它感到痛的。我会把子弹直接射进这儿，”他用脚趾头指了一下，“射进它的后脑壳里。它连抖动也不会抖动一下的。”

坎迪求助似的从一张脸看到另一张脸。现在外面完全黑了下来。一个叫惠特的年轻工人走了进来。他的肩膀有点儿塌，向前倾着，脚后跟着地用力，好像还扛着一个看不见的粮包似的。他走到自己的床前，把头枕在木架上，顺便从架子上拿起一本低俗刊物，又把刊物往桌上的灯前凑了凑。“我给你看过这个吗，斯林姆？”他问。

“看过什么？”

惠特翻到刊物的背面，把它放到桌子上，用手指着说：“你读一读这一段。”斯林姆俯过身子去看。“你念吧，”这位年轻人说，“把它大声地念出来。”

“‘亲爱的编辑，’”斯林姆慢慢地读着，“‘我看你们的刊物已经六年了，我觉得它是市面上最好的刊物。我喜欢彼得·兰德写的故事。我认为他是一个奇才。希望有更多的像《黑色骑士》这样的好故事出现在咱们的杂志上。我并不常写信。只是想要告诉你们，你们的刊物是我花钱花得最值的。’”

斯林姆有些疑惑地抬起头来问：“你为什么让我读这段文字呢？”

惠特说，“你再往下看，读底下的署名。”

斯林姆读着：“‘祝你成功，威廉·谭纳。’”他又不解地抬起头来看着惠特问道："你为什么让我读这个名字呢？"

惠特煞是庄重地合上杂志，说："难道你不记得比尔·谭纳了吗？三个月前，曾在这里干过。"

斯林姆思忖着……"是那个小个子吗？"他问，"那个驾驶耕机的？"

"你说对了，"惠特喊，"就是他。"

"你认为是他给杂志社写了这封信？"

"是的。有一天，我和比尔在宿舍里。比尔刚拿到一本新杂志。他一边翻着里面的内容寻找着什么，一边说，'我给杂志社写了一封信。不知道他们给登出来了没有！'可信没有刊登在那本杂志里。比尔说，'或许，他们会在下面几期中登出来的。'真是这样。这一期他们给登了。"

"敢情你是对的，"斯林姆说，"真的被登出来了。"乔治伸手去拿那本杂志说："让我看一下。"

惠特又翻回到刚才的地方，可并没有把杂志给乔治。他用食指给乔治指着看了看那封信，然后回到自己床前，重新把杂志在木架上放好。“我不知道比尔看到他写的这封信了没有。”他说，“我和比尔一块儿在豌豆地干活儿，一起开耕机。比尔是个好小伙。”

在这一谈话中间，卡尔森始终保持着沉默。他的眼睛一直没有离开过那条老狗。坎迪不安地注视着他。临了，卡尔森终于开口道：“如果你同意让我做，我将帮这个老东西解除了痛苦，叫它不再受这份罪。它活着已经没有任何意义。东西不能吃，眼睛看不见，四肢又僵直疼痛得难以走路。”

坎迪存着侥幸说：“你没有枪。”

“谁说没有，我有把鲁格手枪。它一点儿也不会感到痛的。”

坎迪说：“明天吧。让我们等到明天再说。”

“没必要等到明天。”卡尔森说着就去他的床铺前，从床底下拿出一个包，从中掏出一把手枪。“让我们把它结果了吧。”他说，“它在这里，臭得大家都不能睡觉。”他把手枪装进了口袋里。

有好大一会儿，坎迪都在看着斯林姆，想从他这里得到对狗赦免的指令。斯林姆并没有这么做。最后，无助的坎迪只好绝望地咕哝道：“好吧——带它走吧。”他没有再低头看看他的狗，便躺回到床上，把两只手交叠着放在头下面，眼睛直愣愣地盯着天花板。

拉尔森从口袋里取出一根皮带，俯下身把它系到老狗的脖子上。除了坎迪，屋里所有的人都在瞧着卡尔森。“走吧，老伙计，走吧。”他轻声地说。而后，他对坎迪抱歉地说：“它不会感到一丁点儿痛的。”坎迪躺着没动，也没吱声。卡尔森扯了扯拴狗的皮带说：“走吧，老伙计。”这条老狗缓慢地支起它僵硬的四肢，随轻轻拽着它的皮带走了出去。

斯林姆喊了一声：“卡尔森。”

“呃？”

“你知道该怎么做吧？”

“什么意思，斯林姆？”

“带上把铁锹。”斯林姆简要地说。

“噢，一定！我明白你的意思了。”卡尔森领着狗走进茫茫的黑暗中。

乔治跟着走到门口，关上门，轻轻插上了门闩。坎迪直挺挺地躺在床上，眼睛望着天花板。

少顷，斯林姆大声地说：“领队的骡子有只铁蹄坏了，得敷些沥青上去。”卡尔森的脚步声渐渐远去。外面的静谧蔓延到屋内，宿舍里安静极了。

后来，是乔治咯咯地笑出声来：“我敢打赌，莱尼现在一定在谷仓，和他的小狗在一起。有了小狗，他就不想再回到这里来了。”

斯林姆说："坎迪，如果你想要，就去挑上一只。"

坎迪没有吭声。寂静又一次降临到屋子里，它源自夜晚，侵入到屋里来。乔治说："有人想玩尤克牌[1]吗？"

"我来跟你玩两把。"惠特说。

他们俩面对面地坐在了有灯照着的桌子旁边，可乔治并没有洗牌。他只是有些忐忑地用手拂过牌叠的侧面，由此发出的清脆的响声吸引了大家的目光，于是他停止了洗牌。寂静又重新降临到屋子里。时间一分一秒地过去。坎迪仍然躺在那里，眼睛望着天花板。斯林姆盯着他看了一会儿，然后瞧

1. 尤克牌是起源于德国的牌类游戏，也是19世纪末美国最流行的家庭牌战游戏。纸牌有4种花色，每种花色8张，共32张。各花色牌按高低排列为：A、K、Q、J、10、9、8、7。其中王牌花色的J为最大王牌，称右王牌，同一颜色另一种花色的J为次王牌，称左王牌。

着自己的手，他用一只手抚了抚另一只手，随后把它们交叠在了一起。从地板下面传出一阵咯吱咯吱的声音，所有的人像得到一根救命稻草似的，都低下头去看。只有坎迪仍旧盯着天花板。

“听上去像是有只老鼠在咬什么东西。”乔治说，“该在那个地方放个老鼠夹。”

惠特突然说道：“这么长时间了，他怎么还不回来。你发牌呀，干吗停下了？你这样，我们还怎么玩呢？”

乔治把牌拢了起来，抓在手中，看着牌的背面。屋子里又静了下来。

远处传来一声枪响。人们都很快转过头，把目光落在了坎迪身上。

在盯着天花板又看了一会儿后，坎迪慢慢地翻了个身，脸对着墙，静静地躺着。

在噼里啪啦地洗了一阵牌后，乔治开始发牌。

惠特拉过计分板，把木钉放回到原位。惠特说："我觉得，你们两个来这里，是真正干活儿的。"

"你这是啥意思？"

惠特笑了起来，说："嘿，你们是星期五来的。在星期天到来之前，你们还可以干两天的活。"

"我不明白你的意思。"

惠特又笑了起来，说："如果你们就是在周边的大农场里做活儿的，那你就该明白。那些只是想要到一个农场看看的人，往往会在星期六下午过来。这样他能吃上农场星期六的晚饭和星期天的三顿饭，在吃过星期一的早饭后，他们便可扬长而去。而你们是星期五中午到的。不管你们是怎么打算的，在星期天休息日之前，至少得工作上一天半。"

乔治不动声色地看着他。"我们会在这儿干上一段时间的。"他说，"我和莱尼打算攒上点儿钱。"

宿舍的门开了，马夫把头探了进来，一颗黑人的瘦脑袋，满脸的沧桑、皱纹，一双饱经风霜的眼睛。“斯林姆先生。”

斯林姆移开了投在坎迪身上的目光，说：“哦，嗨！卡鲁克斯。有事吗？”

“你告诉我把沥青烧热，现在它热了。”

“噢，好的，卡鲁克斯，我这就去给骡子铁蹄上涂沥青。”

“如果你愿意，我可以替你做，斯林姆先生。”

“不用。我自己去。”说着他站了起来。

卡鲁克斯又说：“斯林姆先生。”

“嗯？”

“那个新来的大块头在谷仓里逗弄你的小狗。”

“哦，他不会使坏的。我已给了他一只。”

“我只是觉得我应该告诉你一声。”卡鲁克斯说，“他把它们从窝里拿出来，然后在那里摆弄它们。

这对狗崽不好的。”

“他不会伤害它们的。”斯林姆说，“我现在就跟你一块儿走。”

这时乔治抬起头来说，“斯林姆，要是这个傻瓜蛋子在那里搅乱，你就把他踢出去。”

斯林姆跟着马夫卡鲁克斯走出了屋子。

乔治发牌，惠特拿起自己的牌逐张看着。“见过新来的那个女孩了吗？”他问。

“哪个女孩？”

“噢，就是柯利刚过门的媳妇呀。”

“哦，见过了。”

“哦，她漂亮吗？”

“我没有细看过她。”乔治说。

为说下面的话，惠特特意放下了手中的牌说道：“把你的眼睛睁大了看就好了。你能看到不少的。她并不像有的女孩那样爱藏着掖着，我还从来没有见过谁像她那样。她的眼睛总是滴溜溜地转啊，转啊，对任何一个男人她都想要瞟上几眼。我敢打赌，她甚至会向那个黑人马夫抛媚眼。我真不知道她到底想干什么。”

乔治不经意地问：“自她来到这儿，出过什么事吗？”

很显然，惠特现在的兴趣不在打牌上。他放下了手中的牌，乔治把它们拢在一起，又摆成接龙：第一行七张牌，上面摞上了六张，六张上面又摞了五张。

惠特说：“我知道你是什么意思。不，到现在为止，还没有发生过什么事。柯利像是只黄蜂飞进抽屉里似的，整日坐立不安，不过，也仅此而已。只要是男人们在的地方，就会有她出现。她总是借口说她在找柯利，或是在找她落下的什么东西。她好像就离不开男人似的。柯利像只热锅上的蚂蚁一样，只是暂时还没有出什么事。”

乔治说：“她就要制造出麻烦来了。男人们会因为她而闹出乱子。她是条美女蛇，很快便会有人上套了。柯利他这是自作自受。农场里都是大老爷们，不适合女孩子待，尤其是像她那样的女孩。”

惠特说：“你要是这么有想法，明晚就该和我们一块儿进城去。”

“哦，去干什么？”

“像往常一样，去老苏西那里。那是个玩乐的好地方。老苏西这人挺逗，爱开玩笑。上个星期六晚上，我们去她那里，在她为我们打开门时，她回头冲着屋里面喊，‘姑娘们，快穿上外套吧，治安官先生们来了。’她从不讲脏话。她店里有五个姑娘。”

“要花多少钱？”

“两块五。出两毛五只能喝到一杯啤酒。苏西那里的椅子坐着很舒服。如果你不想找女孩，你尽可以坐在椅子上喝上几杯，来打发时间，对此苏西并不会介意。她不会因为你不在那里找姑娘就要你走，或者撵你出去。”

“可以去看看。”乔治说。

“好啊，咱们一块去。会过得很快活的——她的笑话多得讲也讲不完。有一次，她跟我们讲，‘有的人在地板上铺了块破毯子，在留声机上摆了个丘比娃娃台灯，就以为自家有高级客厅了。’她这是指克莱拉开的店。苏西说，‘我知道你们这些年轻人想要什么，’她说，‘我的姑娘们都干净着呢。而且，在我的威士忌酒里不会掺水。如果你们想要看丘比台灯，不怕自己染上一身病，你们知道该去哪里。’她还说，‘在这附近，有些人走路是罗圈儿腿，因为他们想要看看丘比台灯是什么样子。’”

乔治问：“这个叫克莱拉的人是开着另一家

店吗？”

“是的。”惠特说，“我们从未去过那边。克莱拉那里干一次要三块钱，一杯啤酒要三毛五，她也不会讲笑话。而苏西这边很干净，摆着九把椅子，也不让愣小子们进去。”

“我和莱尼在攒钱，”乔治说，“我去了可以坐在那儿喝杯啤酒，不花两块五找姑娘。”

“嗯，一个人有的时候是需要找些乐子的。”惠特说。

宿舍的门开了，莱尼和卡尔森一块儿走了进来。莱尼悄悄地上床坐下，不想引起别人的注意。卡尔森从床底下取出他的包。他的眼睛没有向老坎迪那边看，坎迪仍是面冲着墙躺着。卡尔森从包里拿出一根通条和一小罐油。把它们放到床上后，他又掏出口袋里的手枪，取出弹盒，退出了弹夹。随后，他开始用通条清洁枪膛。在枪喀拉一声退膛时，坎迪转过身来朝那只手枪看了一会儿，而后又把头扭回去对着墙。

卡尔森随意问了一句："柯利来过吗？"

"没有。"惠特说，"柯利怎么啦？"

卡尔森眯缝着眼睛瞧着枪膛里面，说道："找他老婆呗。我看见他一直在这外面转悠呢。"

惠特不无嘲讽地说："柯利有一半的时间在找他老婆，而他老婆又有一半的时间在找他。"

正在这时，柯利情绪激动地闯了进来。"你们有谁见过我老婆吗？"他语气有点儿咄咄逼人地问。

"她不在这里。"惠特说。

柯利气狠狠地搜看着房间，问："斯林姆去哪儿了？"

"去谷仓了，"乔治说，"他去给骡子开裂的蹄子上敷沥青了。"

柯利耸了几下他的肩膀说："他走多久了？"

“五到十分钟吧。”

柯利三步并做两步地出了屋子，砰的一声关上了身后的门。

惠特站了起来。“我想去看看，”他说，“柯利看来已经气急了，否则的话，他不至于去找斯林姆的。柯利身手敏捷，身手了得，曾进入黄金拳王赛的决赛。他把报上的这条消息剪下来收藏着。可尽管如此，他最好还是离斯林姆远一点儿。谁也不知道斯林姆会使出什么绝招来。”

“他以为斯林姆跟他老婆在一起，是吗？”乔治问。

“好像是，”惠特说，“当然啦，斯林姆不会。至少我认为斯林姆是不会这么做的。不过，真有什么事发生的话，我是喜欢看看热闹的。走，去看看。”

乔治说：“我就待在这儿，哪也不去。我不想卷进这种事情里去。我和莱尼要攒点儿钱。”

卡尔森擦完枪，将它放进包里，然后把包推回到了床铺底下。“我也出去看看。”他说。老坎迪依然静静地躺着，床上的莱尼小心翼翼地望着乔治。

在惠特和卡尔森出去、门又关上了以后，乔治转过身来对着莱尼说：“你脑子里又在琢磨什么呢？”

“我什么也没做，乔治。斯林姆说，我最好不要老去摸那些小狗，所以，我就回来了。我一直很乖的，乔治。”

“这也是我要跟你讲的。”乔治说。

“哦，我没有伤害它们。我只是把给我的那条小狗放在腿上抚摩来着。”

乔治问：“你在谷仓见到斯林姆了吗？”

“见到了。他叫我最好不要再摸那条小狗了。”

“你看见那个女人了吗？”

“你是说柯利的女人？”

“是的，她去过谷仓吗？”

“没有，我从没在那里见过她。”

“你没看到斯林姆跟她说话？”

“嗯，她不在谷仓里。”

“好的。”乔治说，“我想，那人们就别想要看打架了。如果有人打架，你就赶紧躲开。”

“我不想打架。”莱尼说着从床上起来，坐在了乔治的对面。乔治几乎是下意识地洗了洗牌，然后摆起了接龙。他慢慢地摆着牌，一副心事重重的样子。

莱尼拿起一张上面有头像的牌看着，随后，又把它倒过来看着。“从两面看都一样。”他说，“乔治，为什么从两面看它都一样呢？”

“我不知道。”乔治说，“扑克牌就是这么设计的。你在谷仓见到斯林姆时，他在做什么？”

"斯林姆？"

"是呀，你在谷仓见过他，他叫你不要一直摸狗崽。"

"噢，是的。他拿着一个装着沥青的罐子和一把刷子。我不知道他这是要干什么。"

"你肯定那个女孩没有去谷仓，就像她今天来过这儿一样。"

"没有，绝对没有。"

乔治叹了口气说："只要是好点儿的妓院，男人们尽可以进去醉酒、找乐子，把心里的闷气和身体里的东西一下子排干净，而不会招来什么麻烦。他知道他得付多少钱。可这儿的这个美女蛇却可能让人住进监狱。"

莱尼怀着尊重听乔治讲，嘴唇默默地动着，好跟上乔治的思路。乔治继续说道："你记得安迪·喀什曼吗，莱尼？她上过语法学校。"

“你是说常常给孩子们做热烧饼的那个老妇人？”莱尼问。

“是的，就是她。只要是跟吃的有关的，你都能记得。”乔治仔细地看着摆出的接龙。他在得分的那一摞上放了张A，又在它上面放上了方块二、三、四。“就因为一个荡妇，安迪现在还在圣昆丁州立监狱里住着呢。”乔治说。

莱尼用手指敲着桌子叫着：“乔治？”

“嗯？”

“乔治，我们还得有多长时间才能有我们自己的一个地方，有自己的地，有兔子？”

“我不知道。”乔治说，“我们得一起攒上一笔钱。我知道一个不大的地儿，我们可以较便宜地买到手。只是人家不会白白送咱们。”

老坎迪慢慢地转过身来。他睁大了眼睛看着乔治。

莱尼说："给我讲讲那个地方，乔治。"

"我昨晚才说给你听。"

"讲嘛——再讲讲，乔治。"

"哦，那个地方大约有十公顷，"乔治说，"有一架小风车、一间小木屋，还有厨房、鸡舍，有果园，果园里种着樱桃树、苹果树、梨树、杏树、核桃树和几棵草莓。还有一块地种着苜蓿，是水浇地。有一个猪圈……"

"讲兔子，乔治。"

"现在还没有放兔子的地方，不过，编上几个兔笼子并不费事，你可以喂它们苜蓿吃。"

"没问题，我可以的。"莱尼说，"你说得没错，我行的。"

乔治摆接龙的手停了下来，他的声音里逐渐融入热情："我们可以养上几头猪。造一个以前爷爷家里用的那样的熏炉，宰了猪后我们可以自己熏肉、熏火腿、做香肠什么的。当大马哈鱼来到河的上游时，我们可以捕到上百条大马哈鱼，将它们用盐腌制或者烧烤。我们可以在早饭时吃它们，再也没有比烧烤的大马哈鱼更美味的了。在水果下来的时候，我们可以把它们制作成罐头——西红柿做成罐头也不难。每到星期天，就杀个小鸡或是兔子吃。或许，我们还应该养上一头牛或者山羊，挤出来的奶上面都是奶油，用刀子才能切得开，用勺子才能挖出来。”

莱尼睁大了眼睛看着他，老坎迪也注视着他。莱尼轻轻地呢喃着：“咱们靠地过日子。”

“没错。”乔治说，“我们的园子里有各种各样的蔬菜，要是我们想喝威士忌了，可以卖掉几颗鸡蛋，或是一些牛奶。我们的家在那里，我们属于那里。我们不用再到处漂泊、吃日本厨师做的饭了。用不着了，因为我们有了自己的家园，再也不用睡人多眼杂的宿舍了。”

“说说我们的房子，乔治。”莱尼央求着。

“好的，我们有所自己的小房子，有自己的卧室。有个铁火炉子，冬天的时候，我们会给炉子生上火。耕种的面积不大，我们无须累死累活地干。一天工作上六七个小时差不多就够了。我们不必一天十一个小时地扛麦包。我们收割自己种下去的庄稼。我们想吃什么，就种什么。”

“还有兔子。”莱尼热切地说，“让我来照看它们。告诉我怎么做，乔治。”

“好的，你需要带上一个口袋，去苜蓿地里。把割下的苜蓿装在袋子里背回来，放进兔笼里。”

“兔子会啃着吃苜蓿，一点一点地啃着吃。”莱尼说，“我知道它们怎么吃，我见过它们吃东西。”

“大约过六个星期之后，”乔治继续讲道，“它们就会生下一窝一窝的小兔子，所以我们有足够的兔子用来吃，用来卖。我们将养上一些鸽子，让它们盘桓着风车飞翔，就像我小时候看到的那样。”他望过莱尼的头顶，入神地看着对面的墙壁，“这一切都是我们自己的，谁也不能解雇我们。如果我们不喜欢谁，可以叫他滚蛋，而他也就得乖乖地走人。如果是朋友来了，我们有多余的床铺，我们会对他说，‘为什么不留下来过夜呢？’他呀，就一定会留下来。我们要养条塞特犬，养几只花色的猫，不过，你得看住这些猫，别让它们把小兔子吃了。”

莱尼喘着粗气说道：“你让它们试着去动动兔子，我非把它们的脑袋拧下来不可。我会……我会用棍子打得它们皮开肉绽。”他的声音低了下来，变成了自言自语的嘟囔，对那些将来胆敢吃兔子的猫斥责着。

乔治坐在那里，陶醉在自己所描绘的图景中。

此时，坎迪突然开口了，把乔治和莱尼两个人都惊了一跳，像是做什么坏事被人看见了一样。只听坎迪说：“你们知道在哪儿有像你们刚才所描述的地方？”

乔治马上警觉起来。“如果我知道呢，”他说，“可这与你有什么关系呢？”

“你不必告诉我在哪里。它在哪里都行的。”

“对呀，”乔治说，“说得没错。就是用一百年，你也找不着。”

坎迪兴奋地问：“像这样一个地方，他们要多少钱呢？”

乔治用怀疑的眼神望着他，说：“哦——我可以用六百块就买下这个地方。拥有这块地的人是一对很穷的老夫妻，他年迈的妻子病了，需要钱做手术。喂，我说——这和你有什么关系呢？你跟我们毫不相干。”

坎迪说：“我只有一只手，干不了什么活儿了。

就是在这个农场，我断掉了一只手。所以他们留下了我，派给我个清扫的活儿。因为我失去一只手，他们给了我二百五十块钱。到现在，我又积攒着存了五十块，这就是三百块钱了。到这个月底，我还能再挣到五十块。我想跟你们说……”他急切地俯过身来，“要是我也加入进来，那么，我就能给你们添上三百五十块钱。我做不了什么活儿了，但是我能做饭，喂喂小鸡，锄锄园子里的地。你们看怎么样？”

乔治半闭起眼睛思忖着说：“且容我想一想。我们一直盘算着是自己做的。”

坎迪打断了他的话：“我愿意立个遗嘱，死后把我的这一份全留给你们，因为我没有什么亲戚朋友。你们有钱吗？兴许咱们现在就能买下那块地了？”

乔治往地板上唾了一口。“我们两个可怜虫一共才有十块钱。”而后，他想了想说，“哦，如果我俩干上一个月，什么钱也不花，就能有一百块。那就是四百五十块了。我敢打赌，用这些钱能说服老两口把地先给我们。然后，你和莱尼就先过去张罗着，我再找份工，把剩下的钱给人家补上，你们还可以卖鸡蛋什么的，挣点儿收入。”

有一阵子，他们没有说话，彼此相互看着，都有一种说不出的惊讶。他们以前从未敢真正相信过的事情，眼看着就要实现了。乔治满怀虔诚地说：“上帝啊！我打赌，我们能成。”他的眸子里充满了惊奇。“我打赌，我们能成。”他轻声地重复着。

坎迪坐在床边，不安地搔着他的断腕。“四年前，我断了手。”他说，“他们很快会辞掉我了，我一旦扫不了宿舍，他们就会让我去领救济金了。我把我的钱给了你们，等我干不动了，或许你们还能让我在园子里锄锄地，洗洗碗，喂喂鸡。那样，我就是在自己的家，自己的地方干活了。”临了，他满含着痛苦说：“你们今晚也看到了，他们对我的狗做了什么。他们说，我的狗活着对己对人都没有任何用处了。在他们把我从这儿辞掉以后，我真希望有人开枪打死我算了。可他们不会这么做的。我将没有地方可去，没有活儿可干。在你们俩下个月要辞工的时候，我还可以再得到三十块钱。”

乔治站了起来。“就这么办，”他说，“我们将买下那一小块地方，在那里过我们自己的生活。”说着他又坐下了。三个人静静地待着，都被这美好的愿景吸引了。每个人的脑子都在想象着这梦想成真以后的幸福生活。

乔治带着惊叹的语气说：“要是镇上来了马戏团，或是有狂欢节，或是球赛什么的。”老坎迪点头表示着赞同。“我们尽可以去看，”乔治说，“我们不需要问任何人，我们是否能去。只要说一句，‘咱们去看吧！'然后就去了。只要给牛挤了奶，给鸡撒了谷子吃，我们便能动身去看了。"

"还得给兔笼子里放些草。"莱尼插进来说，"我怎么也不会忘记喂它们的。我们什么时候就能离开这里了，乔治？"

"一个月以后。"乔治说，"再过整整一个月。你知道我打算怎么做吗？我这就给这对老夫妻俩写信，告诉他们我们要买下他们的那块地方了。让坎迪先汇上一百元作为定金。"

"行，没有问题。"坎迪说，"他们的炉子好吗？"

"不错的。可以烧煤，也可以烧木头。"

"我将带上我的小狗。"莱尼说，"我敢打赌，它会喜欢那儿的。"

外面的说话声渐渐离得近了。乔治赶忙说："这件事不要告诉任何人，只有我们三个人知道。否则他们会解雇我们的，那样我们就攒不下钱了。我们要继续装出要在这里扛一辈子麦包的样子，然后，突然有一天，领到了工钱，我们就走人。”

莱尼和坎迪高兴得咧嘴笑着，不住地点着头。

“不告诉任何人。”莱尼对自己说。

坎迪说：“乔治。”

“嗯？”

“我应该自己用枪打死我的狗来着，乔治。我不应该让一个陌生人打死它。”

门开了，斯林姆走了进来，后面跟着柯利、卡尔森和惠特。斯林姆的手上沾着沥青，他的眉头紧蹙着。柯利紧跟在他的侧旁。

柯利说：“哦，我并没有什么别的意思，斯林姆，我只是问问你而已。”

斯林姆说：“噢，你老是这么问我，问得我都烦透了。如果你连自己的婆娘都看管不了，你还指望我去帮你吗？你离我远点儿。”

“我这不是一直在跟你说，我并没有别的意思吗？”柯利说，“我只是想，你也许见过她。”

“为什么你不告诉她，只许待在她该待的地方，待在她的家里呢？”卡尔森说，“你让她在这农工宿舍的附近到处转悠，很快就会给你惹出麻烦的，到时候，恐怕你后悔都来不及。”

柯利一下子冲卡尔森转过身来，说：“你不要多管闲事，如果你不想跟我出去单挑的话。”

卡尔森大声地笑了起来。“你他妈的就是个孬种，”他说，“你本想唬住斯林姆的，可你做不到。反倒是自己下了软蛋。你骨头软得像是青蛙的肚皮似的。我才不在乎你是什么县里最棒的摔跤手呢，只要你敢动我，我就把你的脑袋给踢下来。”

坎迪也借机开心地奚落起柯利来。“手套里涂的都是凡士林。”他不无厌恶地说。柯利瞪了他一眼。

随后，柯利的眼睛扫到了莱尼身上，此时的莱尼仍然笑眯眯地沉浸在刚才那一快乐的憧憬中。

柯利像只梗犬一样，一步跨到了莱尼的面前。“你他妈的在笑什么？”

莱尼一脸茫然地望着他，说：“怎么了？”

此时，柯利的怒气突然爆发了，他说：“来，你这个大块头的杂种。站起来。你这个傻大个子，胆敢笑话我。让我来告诉你谁才是胆小鬼。”

无奈之下，莱尼看着乔治，临了，他站起来，想往后退。柯利稳稳地站住，摆好姿势。先是挥了一下他的左拳，然后用右拳狠狠地砸在了莱尼的鼻子上。莱尼吓得大叫了一声，鲜血顿时从他的鼻子里涌了出来。“乔治，”莱尼喊着，“叫他不要打我，乔治。”他边喊边退，直到退得抵住了墙，柯利紧追不舍，用拳击打着他的脸部。莱尼的手此时仍放在他的两侧，他吓得竟然不知道用手护住自己的脸。

乔治站了起来，大声喊道：“抓住他，莱尼，别叫他打你。”

莱尼将他巨大的手掌捂在了脸上，大声地哀求着：“叫他停下来，乔治。”此时柯利又冲他的肚子上打了一拳，止住了他的叫声。

斯林姆跳了起来。“卑鄙小人，”他喊着，“让我来教训他。”

乔治伸手拦住了斯林姆。“等一下。”他说，随即他把两只手拢在嘴边，大声喊着：“揍他，莱尼！”

就在柯利的拳头抡过来的时候，莱尼一把抓住了它。下一秒钟，柯利就像吊在鱼钩上被拉出水面的鱼一样扭动着身体，他的拳头完全被莱尼硕大的手掌抓住。乔治从屋子那边跑了过来说：“放开他，莱尼，放开。”

可莱尼只是惊恐地看着这个被他捉住的，不停扭动着的小个子男人。血顺着莱尼的脸颊流下来，一只眼睛因为被打出一道口子而睁不开了。

乔治连连扇着莱尼的耳光，可莱尼仍然握着柯利的手不松开。此时的柯利面色苍白，痛得缩成了一团，他的挣扎也变得越来越弱。他站在那儿，开始哭了起来，他的拳头还被攥在莱尼巨大的手掌中。

乔治一遍又一遍地喊着："放开他的手，莱尼，放开。斯林姆，过来帮我一下，免得这家伙的两只手都废了。"

突然，莱尼松开了他的手。他靠着墙蜷缩着蹲在那里。"是你叫我这么做的，乔治。"他痛苦地说。

柯利一屁股坐在地板上，惊诧地看着自己被捏碎了的手。斯林姆和卡尔森俯身查看着柯利的伤势。临了，斯林姆立起身子，不无惊骇地瞧着莱尼。

"我们得带他去看看医生，"他说，"我觉得，他这只手上的骨头全断了。”

“我并不想，”莱尼哭喊着说，“我并不想伤害他。”

斯林姆说：“卡尔森，你去把那辆运输马车备好。我们带他去索莱达看伤。”卡尔森急忙去了。斯林姆转过身来对着号啕不已的莱尼。“这不是你的错。”他说，“这是这个浑蛋应得的报应。可上帝啊！他手上的骨头几乎全碎了。”斯林姆匆匆地出去，少顷端回来一小杯水，又把水杯贴到柯利的唇边。

乔治说：“斯林姆，我们会被辞掉吗？我们需要这份工作攒点儿钱。柯利的父亲会解雇我们吗？”

斯林姆跪蹲在柯利的身边，脸上露出揶揄的笑容。“你的手不会妨碍你听我说话吧？”他问，柯利点了点头，“那好，你现在听我说，”斯林姆接着说道，“我觉得，你不如说你的手是被机器弄伤的。如果你不把这件事告诉别人，我们谁也不会说。

但是，要是你告诉了你父亲，把莱尼解雇了，那么，我们将把这件事公布于众，让所有的人都笑话你。”

“我不会说的。”柯利说。他的目光避开了莱尼。

外面响起了马车的车轮声。斯林姆把柯利扶了起来。“咱们走吧，卡尔森用马车接你去看医生。”他搀着柯利出了屋子。马车的车轮声渐渐远去。不一会儿，斯林姆回到了宿舍里。他瞧着仍然畏缩地蹲在墙边的莱尼。“让我们看看你的手。”他说。

莱尼伸出了他的手。

“万能的上帝啊，我可不愿意把你给惹急了。”斯林姆说。

乔治插进话来说，“莱尼只是被吓坏了，”他解释道，“他不知道该怎么做了。我曾跟你们说过，谁也不要跟他打架。不，我想我只是告诉过坎迪。”

坎迪郑重其事地点了点头。“你确实这么说过，”坎迪说，“今天早晨，在柯利来过以后，你说，‘如果他知趣一点儿的话，最好别去惹莱尼。’你就是这么跟我说的。”

乔治转过身来对着莱尼。“这不是你的错，”他说，“你不必再害怕。你所做的，都是我让你做的。你最好还是去洗漱间，把脸洗干净。你的脸上全是血。”

莱尼青肿的嘴角浮出了笑容。“我不想惹麻烦，”他说完便向门口走去，可快要到门口时，他又转过身来说，“乔治？”

“怎么啦？”

“我还能照看兔子吗，乔治？”

“当然可以啦，你并没有做错事。”

“我没有想要欺负谁，乔治。”

“好了，快滚去洗脸吧。”

第四章

管马厩的黑人叫卡鲁克斯，他住在马具间，这是一间靠着谷仓外墙搭建起来的小木屋。在小屋一边的墙上有一个四格方窗，另一侧有个很窄的木板门，通向谷仓。卡鲁克斯的床是一个长形的木箱，里面填满了稻草，稻草上面铺着毯子。在紧靠窗户的墙面上，钉着一排木钉，上面挂着需要修理的马具和几条新皮子；窗户下面有一条长凳，用来放加工皮革的工具，比如弯刀、针、亚麻线团和一台手动的打铆机等。在木钉上还挂着一些零散的马具，一个裂开的马轭，里面填塞的马鬃露了出来，一个断了的颈轭，还有一根拖链，外面的皮革已经开裂。在卡鲁克斯床头的墙上也有一个苹果箱做的架子，上面放了一堆药瓶，有他自己用的，也有给马用的。此外，还有几块皮革皂，一个点漏用的沥青罐，刷子还插在罐子里面。地板上还散落着一些个人用品，因为这里就卡鲁克斯一个人，他可以随意放置他的东西；因为是个马夫，又是个瘸子，所以，他在这里比别人待得都更长久，他积攒的个人物品，要是靠他背，是怎么也背不走的。

卡鲁克斯有几双鞋子，一双长筒胶靴，一个大闹钟，一支单筒猎枪。他还有不少书，包括一本翻烂了的词典和一本破损的《一九〇五年加利福尼亚民法典》。一些又破又旧的杂志和几本色情书摆在他床上方另做的一个架子上。有个钉子上还挂着一副看去很大的金边眼镜。

这间屋子干净、整洁，一是因为经常打扫，二是因为卡鲁克斯是个孤傲的人。他平时很少跟人交往，也不愿别人接近他。他的身体由于脊椎弯曲，已经向左边倾斜了。他的眼睛嵌在深深凹陷的眼窝里，因此衬得比常人的明亮。一道道深深的黑色皱纹刻在他瘦削的面庞上，薄薄的嘴唇，比脸部其他部位的颜色浅，因为身体上的苦痛，嘴唇常常紧闭着。

这是一个星期六的晚上。通过开着的屋门（通向谷仓），传来马蹄踢踏、马儿咀嚼草料和扯动辔头的响声。在这间黑人马夫的小屋里，一盏小小的电灯泡投下昏暗、黄色的光。

卡鲁克斯坐在床上，把背后的衬衫从工装裤里扯了出来。他一只手拿着装镇痛剂的药瓶，一只手擦着脊椎。他不时地把几滴药水倒在粉红色的掌心里，然后把手伸到后背的衬衣下面去揉搓。他紧绷着背上的肌肉，身体微微有些战栗。

莱尼不声不响地出现在开着的门口，探头朝里面望着，他宽阔的肩膀几乎占满了整个门框。卡鲁克斯起先并没有看到他，可当他抬眼看见莱尼时，他的背挺直了，眉头也蹙了起来。他的手也从衬衣下面抽了出来。

莱尼无奈地笑着，想跟他拉拉近乎。

卡鲁克斯声色俱厉地说："你没有权利进我的屋子。这是我的房间，除了我，没有任何人可以进来。"

莱尼吸了一口气，他的笑容里更多了些讨好的成分。"我什么也没干。"他说，"我只是过来看看我的小狗，顺路看见了你这儿的灯亮着。"他解释道。

"哼，我有点灯的权利。你走，离开我的房

间。我到你们的宿舍不受欢迎，你在我这儿也不受欢迎。”

“你为什么在我们那里不受欢迎呢？”莱尼问。

“因为我是黑人。他们能在宿舍里玩牌，可我不能，因为我是黑人。他们说我身上臭。好了，我觉得你们每个人都很臭。”

莱尼无助地晃着他的两只大手。“大家都进城去了。”他说，“斯林姆、乔治，所有的人都去了。乔治说我得乖乖地待在农场里，不能去惹麻烦。我看见你这里亮着灯。”

“嘿，那你想要干什么？”

“什么也不干——我看见你亮着灯。我原想我能进来坐一会儿。”

卡鲁克斯盯视着莱尼，他伸手从身后拿过眼镜，把它戴在了粉红色的耳朵上，继而又打量着莱尼。“我不知道你来谷仓到底干什么，”他抱怨道，

“你又不是骡夫。一个扛粮包的人根本没有必要来谷仓。你不是骡夫，你跟这里的马匹毫无关系。”

“小狗。”莱尼重复道，“我来看我的小狗。”

“哦，那么，你就去看你的小狗呀。不要来一个你不受欢迎的地方。”

莱尼的笑容消失了。他往屋里迈了一步，随后好像记起了什么，又退回到了门口，说：“我看过它了。斯林姆说不能老是摸它。”

卡鲁克斯说：“你总是把它从窝里拿出来，我纳闷为什么老母狗不把它们挪个地方。”

“噢，这条母狗才不在乎呢。它并不反对我这么做。”莱尼又踏进到了屋子里。

卡鲁克斯蹙了蹙眉，可莱尼讨好的笑容让他不再坚持他的看法。“进来坐会儿吧，”卡鲁克斯说，“看来你是不愿出去，想要和我在这里待一会儿了。那你就索性坐上一会儿吧。”他的语调显得友好了许多，“所有的人都进城了，是吗？”

“是的，除了老坎迪。他坐在宿舍里，削着他的铅笔，削呀削的，在做计算。”

卡鲁克斯扶了扶他的眼镜问：“做计算？坎迪在算什么呢？”

莱尼激动地说：“算兔子。”

“看你那傻样，”卡鲁克斯说，“傻得就像根木头一样。你说的是哪里的兔子？”

“是我们将要养的兔子。由我照看它们，给它们割草，给它们喂水。”

“真是够傻的。”卡鲁克斯说，“怪不得跟你结伴的那个人没有让你去。”

莱尼一点儿也没有在乎卡鲁克斯的话，继续说：“我说的是真话。我们就快有兔子了。我们将买上一小块地，靠地生活。”

卡鲁克斯在床上挪动了挪动，好让自己坐得

更舒服些。“你坐下吧，”他说，“坐在那个装钉子的桶上。”

莱尼弓着身子坐在了那个小桶上。“你以为我在说谎，”莱尼说，“可我没有，我说的每个字都是真的。不信，你问乔治。”

卡鲁克斯用粉红色的手掌托着他黑黑的下巴。“你跟乔治一块儿在外面打工，是吗？”

“是的。不管去哪里，我和他都在一块儿。”

卡鲁克斯继续说：“有的时候，你并不明白他说的话。是这样吗？”他把身子向前倾着，用深陷的眼睛看着莱尼，“是这样吗？”

“嗯……有的时候是。”

“他在那里说，而你却不明白他说的是什么？”

“嗯……有的时候是。可……也不总是这样。”

卡鲁克斯的身子向前倾到了床边。“我不是土生土长的南方黑人。”他说，“我出生在加利福尼亚州。我父亲有个约十公顷的养鸡场。有白人的孩子也到我们这边玩，有时候我也和他们一起出去，在他们中间有不少好孩子。我父亲不喜欢我跟他们玩。有很长一段时间，我都不能理解父亲为什么要这么做。不过现在，我知道了。”他停顿了一下，待他再开口时，他的声音变得更加柔和了。“当时在方圆几里内，只有我们一家黑人。现在我们这个农场也只有我一个黑人，就像在索莱达时只有我们一家一样。”他说着笑了起来，“如果我说了些什么，那也只是一个黑人说的话。”

莱尼问他：“你觉得这些小狗再有多长时间就能吃得住摸了？”

卡鲁克斯又大声笑了起来，说：“跟你聊天的人，不必担心你会出去四处闲话。这些小狗再长上几个星期就可以了。乔治把你摸透了，不管他说什么，反正你也听不懂。”他激动地向前倾着身子，继续说：“这只是一个黑人说的话，一个脊背有毛病的黑人。所以，不必把他的话当真，明白吗？反正我说的，你也记不住。这种事我见多了——一个人跟另一个人说话，对方是否在听，或者他是否听懂了，都不重要。他们是在说话，还是静静地坐着没有说话，都一样，没有什么区别。”他越说越激动，最后用手拍起了他的膝盖，“乔治可以给你讲古怪离奇的事情，那也没有关系。只是他自己说说而已，对你不会有任何影响。只要有个人跟他待在一起就够了。”他停了下来。

他的声音变得柔和，富有说服力，又问道：“假如乔治不再回来了，假如他离开了，再也不回来了，那个时候，你会怎么办呢？”

莱尼的注意力渐渐地转到了卡鲁克斯刚才的话上。“你说什么？”他诘问道。

“我说，假如乔治今晚去城里后，就再也没有了音信。”卡鲁克斯为自己说出的这一连串的假设，竟有些得意起来，“假如真是这样。”他重复道。

“他不会这么做的。”莱尼喊，“乔治不会做这种事情的。我和乔治在一起多少年了。他今晚会回来的……”可是，这一假设带给他的疑虑太大了，“难道你不认为他会回来吗?”

看到莱尼受疑虑折磨的样子，卡鲁克斯高兴得脸上放出光彩，“没有谁知道一个人会做出什么样的事情。”他若无其事地说，“让我们来假设，他想回来，可是却回不来了。假设他被人杀了或是受伤了，再也回不来了。”

莱尼尽力想把他的思绪理清楚。“乔治不会出事的。”他重复道，“乔治做事很小心的。他是不会受伤的。他从来没有被弄伤过，因为他做事很小心。”

“哦，那么假如，只是假如他回不来了。那你怎么办呢？”

莱尼的脸因为担心和恐惧而起了褶皱。“我不知道。噢，可你这是在干什么呀？”他喊着，“你说的不对，乔治是不会受伤的。”

为了吓唬他，卡鲁克斯更进一步地说：“要我来告诉你接下来会发生什么吗？人们会把你送进疯人院。他们会把你绑起来，像狗那样给你的脖子上套上个项圈。”

莱尼眼睛里的光突然聚在了一起，眼神变得沉静而又疯狂。他站起来，恶狠狠地走向卡鲁克斯。“是谁要伤害乔治？”他质问道。

卡鲁克斯意识到了危险。为了躲避，他往床里面挪了挪。“我只是说假如，”他说，“乔治没有事的。他很快就会回来了。”

莱尼站了过来，说：“你干吗要做这样的假设呢？不许任何人假设乔治会受伤。”

卡鲁克斯摘掉了眼镜。“坐下吧。”他说，“乔治好好的，没有事。”

莱尼喘着粗气，坐回到那只桶上。“不许任何人假设乔治会受伤。”他咕哝着。

卡鲁克斯轻声地安慰他道：“现在，你或许能明白了。你有乔治。你知道他一会儿就回来了。假如你一个亲人朋友也没有，假如你是个黑人，不能进到宿舍里去玩拉米牌[1]。你会是什么感觉呢？假如你得坐在这里，靠读书打发时间。当然啦，你可以玩投掷马蹄铁的游戏，可天黑以后你就只能坐在这儿看书了。书是没有什么用的，谁的身边——都需

1. 纸牌游戏中的一大类，在美国很盛行。基本玩法是形成3、4张同点的套牌（如4个8，3个6等），或者形成不少于3张的同花顺（如方块6-5-4-3等）。17世纪兴起于欧洲的许多牌戏都包含形成同点或同花顺套牌的内容。中国古代的麻将可以说是拉米牌戏的远祖，现代拉米牌自19世纪后半叶才流行于墨西哥。

要有个人。”他喟叹道，“如果一个人没个伴儿，他会发疯的。那个伴儿是谁，并不重要，只要他和你在一起。我跟你说吧，”他几乎是喊了起来，“我跟你说吧，一个人太孤独了会生病的。”

“乔治一会儿就回来了。”莱尼担心地安慰着自己，“或许他已经回来了。我或许该去看看了。”

卡鲁克斯说：“我的本意不是要吓唬你。他会回来的。我刚才是说我自己。一个人每晚都孤独地坐在这里，或是读些书，或是想些事情什么的。有的时候，他有了一些心得，可是没有人告诉他，他的想法到底怎么样。假如他看到了一些事情，他也不知道这些事情是对还是错。他没有一个可以去问的人，问问他是怎么看这些事情的。他无法辨别，也没有可以用来衡量事物的一个标准。我在这儿见过不少的事。我没有喝醉。我不知道我是否困了。如果身边有个人告诉我，我确实是困了，那么，也就没事了。可我不知道啊。”卡鲁克斯的目光扫过屋子，看向窗户。

莱尼可怜巴巴地说：“乔治不会自己走了留下我的。我知道乔治不会这么做的。”

黑人马夫像是说梦话似的继续道：“我记得我小时候在父亲养鸡场里的事情。我有两个哥哥。我们总是在一块儿。睡在同一个屋子里，同一张床上——我们兄弟三人。有一片地种的草莓，还有一片苜蓿地。在阳光明媚的早晨，我们常常把鸡赶到苜蓿地里。我的哥哥们就坐在篱笆上看着它们——它们都是纯白色的。”

莱尼的兴趣转到了马夫正在说的话题上：“乔治说我们要有一块地种苜蓿，喂兔子。”

“什么兔子？”

“我们要养很多的兔子，还有一块地种草莓。”

“你在说胡话。”

“不是。不信，你问乔治。”

“你就是个傻子。”卡鲁克斯嘲讽地说，“我见过成百上千的人，他们背着铺盖卷儿，顺着公路来到这里的各个农场，他们的脑子里也是装着跟你们一样的这个愚蠢的念头。他们来了，走了，完了又来了，每个人都他妈的想着将来要有一块地。可他们中间没有一个能有一块地的。就像天堂难以企及一样。每个人都想有一块地。我在这里读了不少书。没有一个人进到天堂里的，也没有一个人得到了土地的。这仅是存在于他们的脑瓜子里。他们总是这么讲，可没有一个人实现了的。”他停下了，眼睛看向开着的门那里，因为马儿躁动起来，辔头的铁链发出了叮当声。有匹马嘶了一声。“我想是外面来人了，”卡鲁克斯说，“也许是斯林姆。有的时候，斯林姆在夜里要来这边两三趟呢。斯林姆是个有本事的骡夫。他把他的整个队都照管得很好。”他有些痛苦地挺直了身子，朝门口走去。“是你吗，斯林姆？”卡鲁克斯喊道。

是坎迪的声音回答着：“斯林姆进城了。喂，你见到莱尼了吗？”

“你是说那个大块头吗？”

“是的。看见他了吗？”

“他在这儿。”卡鲁克斯简短地说完回到床上躺着去了。

坎迪站在门口，用他的另一只手搔着断腕，他往屋子里瞧着，可由于刚从黑暗中走到这亮着灯的地方，他的眼睛一时还不能适应。他没打算进来。“告诉你，莱尼。我已经算出来能有多少只兔子了。”

卡鲁克斯不耐烦地说：“你要是想进，就进来嘛。”

坎迪似乎有些尴尬地说：“这个嘛，你要是让，我当然愿意进来了。”

“进来吧。如果已经有人进来了，你自然也能进来了。”要想用装着生气来掩饰他感到的喜悦，对卡鲁克斯来说并不那么容易。

坎迪虽说进来了，可仍有些局促。“你把这个地方收拾得挺舒适，挺整洁的。”他跟卡鲁克斯说，“能有一个你自己的屋子，一定挺好的。”

“当然啦。”卡鲁克斯说，“窗户底下还有一堆粪呢。当然是不错的了。”

莱尼插进话来说：“你说兔子怎么啦？”

坎迪靠着墙，站在离坏掉的颈轭[1]不远的地方，搔着自己的断腕。“我来这个农场好多年了。”他说，“卡鲁克斯来这里也好多年了。可这是我第一次进到他的屋子里来。”

---

1. 驾车时，套在牲口脖子上的曲木。

卡鲁克斯沉郁地说:“人们很少会来一个黑人的屋子里。除了斯林姆，没有人来过这里。斯林姆，还有农场主。”

坎迪很快便转移了话题:“斯林姆是我见过的最棒的骡夫。”

莱尼向老坎迪这边俯过身子。“说说兔子的事。”他催促道。

坎迪笑着说:“我算过了。如果我们干得好的话，我们养兔子能挣钱。”

“可我是要照看兔子的。”莱尼插进来说，“乔治说由我来照顾它们。他答应过我的。”

卡鲁克斯不客气地打断了他们说:“你们这些人是在自己欺骗自己，还说上个没完没了，但你们连一寸土地也不会有。你会一直做你的清扫工，直到有一天被人装进一个木箱子里抬出去。噢，我见过太多这样的人了。这个莱尼在两三个星期内，就会离开这里，另找地方去了。似乎每个人的脑子都想着要置上一块地。”

坎迪生气地揉搓着他的脸颊，说：“你算是说对了，我们就是打算这么做的。乔治说我们能行，我们现在就有这笔钱。”

“是吗？”卡鲁克斯说，“现在乔治在哪儿呢？在城里，在一家妓院里。这就是你们的钱的去向。上帝啊，这种事我见得太多了。许多人的脑子里都有一块地，可他们中间却从未有人得到过它。”

坎迪喊了起来：“是的，他们都会这么想的。每个人都想有块地，不需要太大。只要是属于他自己的。一小块他能赖以生存、别人无法夺走的土地。我未曾有过自己的土地。我给咱们这个州里的许多人种过庄稼，可这庄稼不是我的，我把它们收割回来，交给了土地的主人。但是，我们现在要有一块自己的地了，你别不相信。乔治到城里身上没有带钱，钱都在银行里。我，莱尼，还有乔治。我们将会有我们自己的房子。有条狗，兔子和小鸡。我们会种上玉米，或许还会养上一头牛或者山羊。”他停下了，完全沉浸在了自己所描绘的愿景里。

卡鲁克斯问：“你说，你们有钱？”

“对，我们凑齐了大部分的钱，只差一点儿了。再有一个月就全够了。乔治已经选好了地方。”

卡鲁克斯把胳膊伸向了后背，用手摸着他的脊椎骨。“我从未见哪个人真正做到过。”他说，“我见过许多渴盼得到土地的人，可他们攒下的钱不是送进了妓院，就是玩二十一点输掉了。”此时，他变得有些迟疑起来，“……如果你们……需要个人手的话，不需要支付工钱，只要管了吃住就行了，我愿意过去搭把手。我瘸得并不厉害，只要我想做，干起活来还是把好手呢。”

“你们看到过柯利吗？”

三个人的头一齐都朝向了门口。柯利的妻子正在门边往里面瞧呢。她的脸上化了浓妆。嘴微微张开着一点儿。她气喘吁吁的，好像是一路跑过来似的。

“柯利不在这儿。”坎迪没好气地说。

她静静地站在门口，冲他们微微地笑着，用一只手的拇指和食指搓着另一只手的指甲。她的眼睛从一张脸看到另一张脸上。“他们把老弱病残都留在这里了。”临了，她说，“以为我不知道他们都去哪里了吗？还有柯利。我知道他们去哪里了。”

莱尼看着她不由得呆了，而坎迪和卡鲁克斯却都蹙着眉，避开了她的目光。坎迪说：“既然知道，那何必还要问我们柯利去哪儿了呢？”

她饶有兴味地打量着他们。“真好笑。”她说，“如果我看到的是一个人，他独自待着呢，那么，我就能好好地跟他说会儿话。可要是你们有两个人在一起时，你们就不愿意理我了。不说话，而且还要冲我发火。”她把手放了下来，两只手都抚在了臀部上，说：“你们都彼此害怕对方，就是这么回事。你们每个人都担心被别人抓住了自己的什么把柄。”

在一阵沉默后，卡鲁克斯说：“或许，你现在最好还是回你自己家去吧。我们不想有麻烦。”

“哦，我不会给你们带来麻烦的。难道我就不能间或跟人说说话儿？你们以为我就总想待在那个房子里吗？”

坎迪把断腕放在膝上，用手轻轻地搓着。他带着责怪的口吻说：“你有丈夫，就不该四处再找别的男人解闷，给别人带来麻烦。”

姑娘发起火来：“我是有丈夫，你们都见过他的。一个自以为是的家伙，不是吗？整天威胁他不喜欢的人，说是要收拾人家。他根本看不上任何人。你们且想想，我整天待在那个长四宽二的屋子里，听着柯利念叨他要如何先出左拳两次，然后用右拳击中对方。‘一二连击，’他说，‘只要来个一二连击，对方就爬不起来了。’”她停了停，脸上不快的表情变成了好奇，“嘿——柯利的手是怎么回事呢？”

屋内出现了一阵令人不安的沉默。坎迪偷偷地看了莱尼一眼。临了，他咳嗽了一声说：“哦……柯利……他的手被绞到机器里了，夫人，被碾碎了。”

她盯着坎迪看了一会儿，而后大笑起来：“胡扯！别以为你们能骗得了我。一定是柯利滋事打架，又打不过人家。绞在机器里了——鬼才相信呢！噢，自从他的手残了以后，就再也无法对别人使出一二连击的绝招了。是谁弄碎了他的手的？”

坎迪不悦地重复道：“是被机器绞的。”

"好吧。"她不屑地说，"好吧，你们愿意怎么说，就怎么说吧。关我什么事？你们这些流浪汉总以为自己有多了不起。你们当我是谁，小孩子？告诉你们吧，我本可以去拍电影的，而且，不止一部。一个男演员跟我说，可以推荐我去演电影……"她说着突然生起气来，"——礼拜六晚上。所有的人都出去玩了。所有的人！可我在干什么呢？站在这里聊天，跟一帮穷鬼——一个黑人，一个白痴，还有一个老头儿——我还得觉得庆幸，因为再也没有别的人了。"

莱尼的眼睛眨也不眨地盯着她，他的嘴半张着。卡鲁克斯早已默不作声，又蜷缩回黑人常有的自保的心态中去了。可老坎迪却不吃这一套。他突然站了起来，撞倒了他屁股底下坐着的小桶。"够了。"他生气地说，"你在这儿不受欢迎。我们早告诉过你，你不受欢迎。你对我们这些人抱有偏见和不公正的看法。你那平庸的脑袋瓜子理解不了我们，甚至看不出我们才不是流浪汉呢。假如你把我们辞掉了，假如你这么做了，你以为我们就会流落街头，再找着去打这样的零工吗？你根本不知道我们就要有自己的农场，自己的房子了。我们不打算在这儿待了。我们将有自己的房子、小鸡、果树，一个比这里好上百倍的地方。我们还有朋友。我并没有吹牛。以前或许有过那么一段时间，我们担心会丢了工作，可现在我们不怕了。我们将有自己的土地，它是我们的，我们有地方可去了。”

柯利的妻子嘲笑起他来。“胡扯！”她说，“你们这样的人我见多了。只要身上有两毛钱，就会拿去买上两杯玉米威士忌，喝完了还把杯底舔干净。对你们这帮穷鬼，我是了解的。”

坎迪的脸变得越来越红，不过，他控制住了自己的情绪，等着她把话说完。他掌控着局面。“我就知道。”他语气平和地说，“或许，你最好还是走开，去滚你的铁环玩吧。我们跟你没有什么可说的。我们知道我们会拥有什么，并不在乎你是否知晓。所以，你现在还是赶快走人吧，因为柯利可不喜欢他的妻子跑到谷仓里来，和我们这些流浪汉在一起。”

她又看了看他们，他们都不愿理她了。有好长时间她盯着莱尼看，直到莱尼不好意思地低下了头。突然之间她说，“你脸上的伤是怎么来的？”

莱尼像是犯了错误似的抬起头来，说：“你说谁——我吗？”

“是的，你。”

莱尼求助似的看着坎迪，随后，又低头看着自己的膝头。“他把他的手卷进机器里了。”他说。

柯利的妻子大笑起来：“好吧，就算是机器弄的。我回头再找你说。我喜欢机器。”

坎迪插进话来："你不要去叨扰莱尼。你离他远点儿。我会把你说的话告诉乔治。乔治是不会让你去缠莱尼的。"

"乔治是谁？"她问，"是那个跟你一起来的小个子吗？"

莱尼开心地笑了。"是的。"他说，"就是他，他答应让我照看兔子呢。"

"哦，如果这就是你想要的，我也可以给你弄来几只的。"

卡鲁克斯从床上站了起来，面对着她。"我已经受够了。"他冷冷地说，"你无权进到一个黑人的家里。你无权到这里来搅和，你现在就出去，快点儿出去。不然，我就去找老板，再也不让你进谷仓。"

她向他转过头来。"你听着，"她轻蔑地说，"你要再张开你的臭嘴说话，你知道我能怎么治你？"

卡鲁克斯绝望地看着她，然后，他坐回到床

上，不再吭声了。

她紧逼过来说：“你知道我能做什么的？”

卡鲁克斯似乎蜷缩得越来越小了，他靠到了墙上，说：“是的，夫人。”

“好，那你就老实、知趣点儿。我可以把你吊到一棵树上去，那么做太容易了，甚至都算不上好玩儿。”

卡鲁克斯被整得服服帖帖的了。在他身上，已没有了个性，没有了自我——没有了个人的喜好。他说：“是的，夫人。”他的声音呆板，毫无生气。

过一会儿，她傲气十足地站在他面前，好像是等着他有所行动然后再狠狠地收拾他一顿似的。但卡鲁克斯坐着动也没敢动一下，他的眼睛躲闪着，他将他身上一切可能受到伤害的地方都包裹了起来。最后，她转向了另外那两个人。

老坎迪诧异地望着她。“你要是敢这么做，我们就去告发你。”他冷冷地说，“我们会告你陷害卡鲁克斯。”

“你他妈的去告吧。”她喊道，“没有人会听你说，你知道的。没有人会听你说。”

坎迪软了下来。“是的。”他同意地说，“——没有人会听我们说什么的。”

莱尼委屈地叫嚷着：“我希望乔治在这里。他要是在这里就好了。’

坎迪走到了莱尼这边。“不用再担心了。”他说，“我听见有人回来了。我敢打赌，乔治很快就来到谷仓了。”他转向柯利的妻子说：“你最好现在就走吧。”他平静地说，“如果你现在走，我们不会告诉柯利你来过这儿的。”

她冷静地打量着坎迪，说：“我不相信你真的听到什么了。”

“最好是不要冒险。”他说，“如果你不太确信，最好还是采取稳妥的方法。”

她朝向莱尼。“我很高兴你弄断了柯利的一只手。这是他该得的报应。有的时候，连我自己都想要教训他一顿。”她悄悄地溜出了门，消失在黑暗里。在她穿过谷仓时，马辔头上的链子又响了起来，有的马喷着响鼻，有的跺着蹄子。

卡鲁克斯似乎在从他刚才自保的状态中慢慢地恢复过来。“你说有人回来了，是真的吗？”他问。

“是的。我听到了。”

“哦，我什么也没有听见。”

“大门响了一声。”坎迪说，“上帝啊，柯利妻子的脚步真轻呀，我经常看见她是这么走的。”

卡鲁克斯不敢再提及这敏感的话题。“你们最好还是走吧，”他说，“我也不太想让你们在这里待着了。一个黑人是有些权利的，尽管对这些权利他也不见得喜欢。”

坎迪说："那个荡妇不该跟你说那些话的。"

"没什么的。"卡鲁克斯淡淡地说，"你们进来跟我坐了一会儿，让我忘记我卑微的身份了。她说得没错。"

谷仓里的马儿喷着响鼻，扯着辔头的铁链，有个声音传了进来："莱尼，噢，莱尼。你在谷仓吗？"

"是乔治。"莱尼喊，随即他回答道，"我在这儿，乔治，在这儿。"

顷刻间，乔治便到了门口，他不满地环顾了一下四周，说："你在卡鲁克斯的房间干什么？你不该到这里来的。"

卡鲁克斯点着头说："我也是跟他们这么说的。可他们还是来了。"

"哦，你怎么没有把他们踢出去？"

"我并不介意他们来。"卡鲁克斯说，"莱尼是个好小伙儿。”

坎迪此时也站了起来，说：“哦，乔治！我刚才一直在算呀，算呀。我终于算出来了，我们卖兔子也能赚些钱的。”

乔治蹙起了眉头说：“我想，我告诉过你，不要把这件事跟任何人说。”

坎迪的高兴劲儿一下子没了，他说：“我没有告诉谁，只告诉了卡鲁克斯。”

乔治说：“你们现在就离开这里。上帝，似乎我一分钟也不能走开。”

坎迪和莱尼起身往门口走。卡鲁克斯叫了一声：“坎迪！”

“嗯？”

“别忘了我跟你说的，我可以锄地、干各种杂活儿的。”

“哦，”坎迪说，“我记着呢。”

“好，你把它忘了吧，”卡鲁克斯说，“我只是说说而已。开个玩笑。我不想去你说的那个地方。”

“好吧，如果你真是这样想的。晚安。”

三个人走出了屋子。在他们穿过谷仓时，马儿喷着响鼻，辔头的链子叮当地响着。

卡鲁克斯坐在床前，盯着屋门看了一会儿。随后，他取下镇痛剂的药瓶，撩起身后的衬衣，在粉红色的掌心里倒了几滴药水，把手探向身后，缓缓地揉起自己的后背。

第五章

在大谷仓的一端，高高地堆着刚割回来的新草，仓顶的滑轮上挂着杰克逊牌的四齿干草叉。这干草堆像山上的坡地那样，向谷仓的另一端延伸过去，这中间还有一段较为平坦的还没有堆上新草的地方。草堆的两侧是饲料槽，从栅栏上的板条间隙望过去，可以看到马儿的头。

这是一个星期天的下午。没有出工的马儿正细细地嚼着饲料槽里吃剩的草茬子，它们跺着马蹄，啃着食槽上的木头，扯动着辔头咣啷咣啷地响。下午的阳光从谷仓墙上的缝隙中投射进来，在草堆上照出一条条的金线。苍蝇嗡嗡地飞着，像是这闲散的午后哼出的小曲。

从外面传来马蹄铁击中铁棒的响声，还有人们的喝彩声和讪笑声。可谷仓里却显得非常的温馨、安静，除了苍蝇的嗡嗡声。

谷仓里只有莱尼一个人，他坐在谷仓尽头（干草堆得较少的那一端）食槽下面的干草上，旁边放着一个箱子。莱尼坐在那儿，看着躺在他面前的已经死了的小狗。在这样呆呆地看了它好大一会儿后，他伸出自己的大手，开始从前到后一遍又一遍地摩挲着它。

莱尼轻柔地对小狗说："你怎么会死掉呢？你又不像老鼠那么小，我也没有使劲地摆弄你。"他抬起小狗的头，看着它的脸对它说，“如果乔治发现你死了，他也许再也不会让我照管兔子了。”

他把草刨开一点儿，将小狗放了进去，然后在它上面盖了些草。他一边继续望着那个鼓起的小草堆，一边自言自语地说：“这件事不会严重到我要躲进树丛中藏起来。噢！还没有那么严重。我会跟乔治说它是自己死了的。”

他又把小狗从草堆里弄出来，细细地端详着它，从耳朵抚摩到它的尾巴。他伤心地说，“‘是你干下的事，别以为你能骗得了我，’乔治会说，‘这下好了，以后你再也甭想照看兔子了！’”

突然之间，莱尼来了火气。“你这个该死的，”他喊道，“你怎么竟会死掉了呢？你并不像老鼠那么小呀。”他捡起小狗，把它抛了出去。然后，他背对着它，弯着身子坐着，口中呢喃着：“这下我不能照顾兔子了。他不会让我去照顾了。”他难过地前后摇晃着身子。

外面又传来马蹄铁投掷在铁棒上的当啷声和一阵喝彩声。莱尼起身捡回小狗，把它放回草上面，又坐了下来。他再次摩挲起小狗来。“你还小，没有长大，”他说，“他们一再地跟我说，你还小。我不知道你这么轻易地就会死掉。”他用手指摸着小狗已耷拉下来的耳朵。“或许，乔治不会在意的，”他说，“这个小狗崽儿对乔治来说，一点儿也不重要。”

柯利的妻子从最远的隔栏那边走了过来。她的脚步很轻，所以莱尼开始时并没有察觉到她进来。她穿着那件颜色鲜亮的棉裙，拖鞋上面饰有红色的鸵鸟羽毛。她的脸上涂了脂粉，小香肠似的发卷梳理得整整齐齐的。在她快要来到他的身边时，莱尼才抬起头来看到了她。

在一阵慌乱之中，他用手抓了些干草盖到小狗身上。然后，他闷闷不乐地抬眼望着她。

她说："你在那儿藏什么，小伙子？"

莱尼拿眼睛瞪着她说："乔治不允许我跟你有任何的往来——说话也不行。"

她大笑起来说："乔治在什么事情上都要对你发号施令吗？"

莱尼低下头看着干草说："他说，如果我跟你说话，就不让我照看兔子啦。"

她平静地说："他是担心柯利会为此发火。哦，柯利的一只胳膊用绷带吊起来了——要是他再对你动粗，你可以把他的另一只手也捏碎了。他说他的手被机器给碾压了，你们别以为能哄得了我。"

她跪在了他旁边的干草上。"你听听，"她说，"所有的人都在参加马蹄铁游戏的大赛呢。现在才四点钟。不到大赛结束，谁也不会走开的。为什么我就不能跟你说说话儿呢？我连一个说话的人也没有。我觉得孤单极了。"

莱尼说:“哦,反正我不应该跟你说话。”

“我真的感到很孤独,”她说,“你可以跟人聊天,而我除了柯利却没有一个人跟我说话。否则他就会生气。整天一个人,没有人说话,你觉得那种感觉会好受吗?”

莱尼说:“反正我是不该跟你说话的。乔治害怕我再惹上麻烦。”

她改变了话题,问道:“喂,你把什么给藏在那儿了?”

这话一下子勾起了莱尼的悲伤。“是我的小狗。”他难过地说,“是我的小狗。”他撩开了盖在它上面的草。

“噢,它已经死了。”她喊道。

“它太小了,”莱尼说,“我刚才在跟它玩……它好像要咬我……我似乎做一个要扇它的动作……结果……我真的扇了它。完了它就死了。”

她安慰着他："没事的。它只是条小狗。你很容易就能再搞到一只的。我们这里到处都有狗。"

"这事不大要紧，"莱尼痛苦地解释说，"只是现在乔治再也不会让我照管兔子了。"

"为什么不让呢？"

"哦，他说如果我再做了什么坏事，他就不让我照看兔子了。"

她贴近到他身边，说着抚慰他的话儿，"你不用担心和我在这儿说说话儿的，你听听外面的喧嚷声，在这一比赛中他们都下了四块钱的赌注，不到比赛结束，谁也不会离开那里的。"

"要是乔治看见了我跟你说话，他会骂死我的。"莱尼小心地说，"他就是这么说的。"

她的脸上现出恼怒的神情。"我这个人怎么啦？"她喊着，"我为什么就没有权利跟别人说话？他们把我想成什么人啦？你是个好人。我不知道为什么我就不能跟你说话。我没有做任何伤害你们的事。”

“哦，乔治说你会给我们带来麻烦的。”

“呸，胡扯！”她说，“我给你们造成什么伤害了吗？似乎根本没有人关心我是怎么活的。实话跟你说吧，我一点儿也不习惯现在的这种生活。我本来可以有所作为的。”她阴郁地说：“或许，我现在去做，也为时未晚。”她的话语受着一股想要表达的激情的驱使，倾泻了出来，好像是她急着要在听众散离之前赶紧把话说完似的。“我是在萨利纳斯长大的，”她说，“我在很小的时候，就去了那里。一个剧团到我们那儿演出，我认识了其中的一个男演员。他说我可以跟着这个剧团一起走。可我母亲不愿意。她说我还小，只有十五岁。可那个男演员说我可以。如果那个时候我去了剧团，敢跟你打赌，我就不用过现在这种生活了。”

莱尼来回地摸着小狗。“我们会有一小块地——还有兔子。”他解释说。

她很快接着讲起她的故事，免得被莱尼再打断了。“还有一次，我认识了一个演电影的男子。我跟他一起去河畔舞厅跳舞。他说，他会推荐我演电影的，说我是个天生的演员。在他一回到好莱坞之后，他就会给我写信让我过去。”她仔细打量着莱尼，看她的话是否打动了他。“我从未收到他的来信，”她说，“我总觉得是我母亲偷了那封信。唉，我不打算再待在我不能有所发展、哪里也不能去，而且有人偷我信的地方了。我问母亲是不是她偷了我的信，她说没有。于是，我嫁给了柯利。我跟柯利也是那天晚上在河畔舞厅里认识的。”她诘问道：“你在听吗？”

“我？当然在听了。”

“这些话我以前还从未跟任何人讲过。或许，我就不应该讲的。我不喜欢柯利。他这个人不好。”因为在把心里的话儿说给他听，她往莱尼这边又挪了挪，坐在了他的旁边。“可以演电影，还有漂亮的衣服穿——那些女演员穿的各种好看的衣服。还可以坐在豪华的酒店里，让人拍照；可以去看首映礼，到广播室做节目，这些我都不用花一分钱，因为我是演员。那个好莱坞的演员说我是个天生的好演员。”她扬起头看着莱尼，用手臂做了一个精巧的不常见的姿势，来表明她会演戏——她的手指随手腕向外摆动，小拇指也翘了起来。

莱尼深深地叹着气。外面又响起马蹄铁击打在金属上的声音和人们的喝彩声。“有人得分了。”柯利的妻子说。

现在太阳到了西面，金色的光线攀上了墙头，落在料槽和马儿的头上。

莱尼说：“或许我该把这只小狗拿出去，扔得远远的，乔治就永远不会知道了。那样，我就没有麻烦，又能照看兔子了。”

柯利的妻子生气地说：“除了兔子，难道你就不能再想点儿别的了吗？”

“我们将会拥有一小块地。”莱尼耐心地解释说，“我们会有一所房子，一个花园，一片苜蓿地。苜蓿是为兔子种的，我会拿一个袋子，用它去装满苜蓿，然后背回它来喂兔子。”

她问：“为什么你说来说去，总要回到兔子身上呢？”

在回答这个问题前，莱尼不得不认真地想了一会儿。他小心翼翼地向她这边靠了靠，直到挨住了她的身体。“我喜欢抚摩好玩儿的东西。有一回，我在集市上看到一些长耳朵的兔子，它们很好看，真的。有的时候，我甚至连老鼠都摸着玩，不过，那都是在我没有更好的东西可摸的时候。”

柯利的妻子稍稍离开了他一点儿。“我觉得你是个傻子。”她说。

“不，我不是。”莱尼一本正经地解释着，“乔治说我不是。我只是喜欢用手指摸那些柔软好玩儿的东西。”

她的心似乎稍微放下来一点儿。“哦，有谁会不喜欢呢？”她说，“人人都喜欢这么做的。我喜欢摸丝绸和天鹅绒。你喜欢摸天鹅绒吗？”

莱尼高兴得咯咯地笑了起来：“那是当然啦，”他快乐地大声说，“我也有过一块天鹅绒。是一个太太给我的，那个太太就是我的姨妈克莱拉。她给我的那块大概有这么大。我希望它现在就在这儿。”他蹙起了眉头。“我把它弄丢了。”他说，“丢了有好长时间了。”

柯利的妻子笑了起来。“你这个人是傻，”她说，“可你是个好人，就像个大男孩一样。不过，我差不多能明白你的意思了。在我梳头的时候，我有时会很长一阵子地坐在那里，抚摩我的头发，因为它太柔软了。”为了告诉他她是怎么做的，她的手指从头顶上顺着捋了下来。“有的人的头发又粗又硬，”她沾沾自喜地说，“比如说柯利的，他的头发跟铁丝似的。可我的却又柔软又光滑。因为我常常梳理它。这样会使头发变得柔顺。这里——你摸摸这里。”她拿起莱尼的手，把它放在她的头顶上。“你摸一摸，看看它们有多柔软。”

莱尼粗大的手指开始摩挲着她的头发。

“不要把它们弄乱了。”她说。

莱尼说：“噢！真好。”他摸得更加起劲了，“噢，真好。”

“当心，喂，你要把它们弄乱了。”她此时生气地喊了起来，“你现在住手，你要把它们弄乱了。”她把她的头往外扯着，莱尼拽着她的头发不松手。

“放手，”她喊着，“你放手！”

莱尼惊慌起来。他的脸因惊恐而变得扭曲。她尖声地呼叫着，莱尼的另一只手伸过来捂在了她的嘴和鼻子上。“不要喊，”他恳求着，“噢！请不要喊。乔治知道了会发怒的。”

她在他的手中狂乱地挣扎着。她的两只脚在干草上乱踢，身体扭动着想要挣脱出来。从莱尼的手掌下面发出闷声闷气的叫声。莱尼开始害怕地喊了起来：“噢！请不要叫。”他乞求着，“乔治会说我在干坏事。那样他就不让我照看兔子了。”他把手移开了一点儿，她沙哑的哭喊声随之泄了出来。莱尼变得生气起来。“你现在就住口。”他说，“我不想让你喊。就像乔治所说的，你会使我陷入麻烦的。现在，你就停止你的喊叫。”她继续挣扎着，眼睛里充满恐惧狂乱的神情。“你不要喊了。”他一边说着，一边摇晃着她。她的身体像条鱼儿那样来回摆动着。不一会儿，她便停止了挣扎，因为莱尼已经拧断了她的脖子。

他低头看着她，小心地把手从她的嘴上移开，她静静地躺着。“我并不想伤害你，”他说，“可你要叫唤让乔治听见了，乔治就会发火了。”她没有回答，也没有动，他俯下身子去查看。他先是抬起然后松开她的手臂，看着它垂落下来。过一会儿，他似乎变得茫然不知所措了。临了，他惊恐地自语道：“我做下坏事了，我又做下坏事了。”

他刨了一些干草，直到把她遮盖了一部分。

从谷仓外面又接连传来几声马蹄铁和铁棒的敲击声及人们的喧嚷声。这是莱尼第一次感觉到外面世界的存在。他蹲在干草中，倾听着。“我做了一件真正的坏事。”他说，“我不该这么做的。乔治会发火的。噢……他说过……藏在树丛里直到他来。他会发火了。在树丛里等着他。这就是他告诉我的。”

莱尼退了回来，看着死去的女孩。那条小狗紧挨在她身边。莱尼把它捡了起来。“我得把它扔掉。”他说，“这儿的情况本来就够糟糕的了。”他把小狗掖在外套里，溜到谷仓的墙边，从墙缝里窥视着外面正在进行的马蹄铁的游戏。随后，他绕过最边上的隔栏，消失在了暮色中。

太阳光现在已经挪移到墙壁的高处，谷仓里的光线变得柔和起来。柯利的妻子仰面躺着，身上苫着一些干草。

谷仓里安静极了，下午的静谧降临到农场。似乎连马蹄铁的叮当声和人们的喧闹声也静了下来。随着阳光的退去，谷仓里也慢慢地暗下来。一只鸽子从仓门飞进来，盘旋了一圈又飞了出去。从尽头的隔栏那边，走进来一条牧羊犬，一条又瘦又长的母狗，肚子下面垂着沉甸甸的奶头。在快要走到装狗崽的箱子时，它嗅到了柯利妻子尸体的气味。它脊背上的毛竖了起来，哀声地叫着，畏畏缩缩地走到装小狗的箱子前，跳进了狗崽们中间。

柯利妻子的身体有一半被黄色的干草盖着。她的卑俗，她的那些小小的打算，她的不满和想要引起他人注意的渴望，都从她的脸上消失了。现在的她看上去十分漂亮和单纯，她的面庞可爱而又年轻。她涂过脂粉的脸蛋和抹过口红的嘴唇，使她显得仍富有活力，像是刚刚睡着了一样。她的小香肠似的卷发披散在头后面的干草上，她的嘴唇略微地张开着。

有的时候，一瞬间会像现在这样萦绕拂去，驻足停留，感觉它的持续远远超过了一瞬间。一切运动和声音所中止的时间也似乎远远地超过了一瞬间。

而后，时间又会渐渐地苏醒过来，懒洋洋地继续前行。马儿在料槽的另一侧踏着蹄子，拽得辔头咣啷咣啷地响。外面人们的语声也变得越来越清晰、响亮。

从谷仓尽头的隔栏那边传来了老坎迪的声音。“莱尼，”他喊着，“噢，莱尼！你在这儿吗？”老坎迪出现在隔栏尽头。“噢，莱尼！”他又喊了一声，突然停下来，他的身体僵着不动了。他用光溜溜的断腕摩挲着他花白的胡茬。“我不知道你在这儿。”他对柯利的妻子说。

因没有得到她的回应，他走得更近了点儿。“你不该睡在这里的。”他不赞同地说。很快他到了她身边——“噢，上帝！”他无奈地四下张望着，摸着他脸上的胡子。随后，他跳了起来，悄悄地出了谷仓。

现在谷仓里活跃起来。马儿尥着蹶子，喷着响鼻，咀嚼着铺在地上的稻草，使劲摇动着辔头上的铁链。不一会儿，坎迪回来了，乔治跟着他。

乔治说：“你想要我来看什么？”

坎迪指给他看柯利的妻子。乔治愣在了那里。“她怎么啦？”他问。他又走近了些，尔后像坎迪一样喊了起来：“噢，上帝啊！”乔治跪在她身侧，把手放在她的胸口上。最后，他缓缓地站了起来，身体发僵，面部和目光都一样的冷峻。

坎迪问：“她是因为什么死的？”

乔治冷冷地看着他。“你就一点儿也想不到吗？”乔治反问道。坎迪没有吭声。“我早该知道的。”乔治绝望地说，“我想，在我的意识深处我是知道的。”

坎迪问：“现在我们该怎么办？乔治，我们该怎么办？”

乔治的回答来得十分迟缓，断断续续的：“我想……我们得告诉……他们。我想，我们得去抓住他，把他关起来。我们不能叫他跑掉。噢，这个可怜的傻瓜蛋子，他一个人会挨饿的。”他尽力安慰着自己，“或许，他们只是把他关起来，不会对他怎么样的。”

可坎迪激动地说：“我们应该让他跑掉。你不了解柯利这个人。柯利抓住他，一定会叫他受私刑。会杀死他的。”

乔治望着坎迪翕动的嘴唇。“哦，”他最后说，“你说得没错，柯利会那么做的。其他的人也会那么做的。”他回头看了看柯利的妻子。

坎迪开始说出他最大的担心：“我们还能去买下那块地，是吗，乔治？你和我可以去那里，过上好日子，是吗，乔治？我们俩还能吗？”

还没待乔治回答，坎迪便垂下头，看着干草上的她。他知道答案了。

乔治轻声地说：“我想，我从一开始就知道的，我想我知道，我们永远都买不下那块地的。他总是喜欢听有关这块地的故事，到后来让我也以为或许我们能做到。”

“那么——这一切都完了？”坎迪忧伤地问。

乔治没有回答他的问话，只是说：“我会把这个月干完，然后拿上我挣下的五十块钱，到个妓院里待上一整个夜晚。或者，去打台球，一直打到所有的人都走掉。到那个时候，我会再回来干上一个月，再挣上五十块钱。”

坎迪说：“他是个好人。我觉得他不会做这种事的。”

乔治的眼睛依然在柯利妻子的身上。“莱尼不是成心的，他没有恶意。”他说，“他总是做下一些坏事，可没有一件是他有意为之的。”乔治直起身子来，看着坎迪。“听着，我们必须告诉人们。他们会把他抓起来，我想他们一定会这么做的。或许，他们不会伤害他。”他语气严厉地说，“我不许他们伤害莱尼。现在你听着，这些人会以为我也参与到了其中。我这就回宿舍。你一会儿便去告诉人们，到时我也会来，装出我完全不知道这件事的样子。你愿意这么做吗？这样人们便不会认为我也参与到其中了。”

坎迪说：“当然可以，乔治。就照你说的做。”

“好的。你等上几分钟，然后，像是你刚刚发现了她似的，跑出去告诉人们。我现在就走。”乔治转身迅速地离开了谷仓。

老坎迪望着乔治走了出去。临了，他回过头来绝望地看着柯利的妻子，渐渐地他的伤心和愤怒转变为语言。“你这个可恶的婊子，”他恶狠狠地说，“都是你搞的，不是吗？我想，你现在高兴了。谁都知道你是个扫把星。你以前一文不值，现在更是一文不值，你这个臭婊子。”他吸了吸鼻子，声音变得有些战栗，“我本来可以替他们在园子里锄锄地，在厨房里洗洗碗。”他停了停，然后声音单调地重复起乔治说过的话，“如果镇上来了马戏团，或者是有棒球赛……我们当然可以去看……说声‘让农活见鬼去吧’，就可以走了。不需要征得任何人的同意。他们还会养一头猪，养小鸡……到了冬天……有个小铁炉子取暖……碰上下雨，我们可以舒服地待在家里。”涌出的泪水模糊了他的眼睛，他转过身子，一边浑身无力地走出谷仓，一边用断腕蹭着他的胡子茬儿。

外面，游戏的喧闹声已经停止。先是人们的询问声，然后是杂沓的脚步声，人们都涌向了谷仓。这中间有斯林姆、卡尔森、年轻的惠特、柯利，还有一贯躲避着人们视线的马夫卡鲁克斯。坎迪跟在他们后面，最后到来的是乔治。乔治已经穿上了他的工装外套，扣上了外套上所有的扣子，他头上的那顶黑帽子低低地压在前额上。人们跑过尽头的隔栏，在看到于暮色中躺在干草上的柯利的妻子时，他们停住了脚步，静静地站着，谛视着。

斯林姆默默地走了过去，他摸了摸她的脉搏。用一根指头触了触她的脸颊，随后，他的手触到了她的有些扭曲的脖颈，接着，他的手指在她的脖子那里摸索了一会儿。当他站起来时，人们都已来到了近前，魔咒打破了。

柯利好像突然一下子就醒悟过来了。“我知道是谁干的了。”他大声说，“是那个大块头的杂种干的。我知道是他干的。噢——其他的人都在外面投掷马蹄铁呢。”说着他的火气上来了，“我要抓住他。我这就去拿我的猎枪。我要亲手杀死这个狗娘养的。我要打穿他的肚子。大家跟我走啊。”他气呼呼地跑出了谷仓。卡尔森说：“我去拿我的鲁格手枪。”说完也跑了出去。

斯林姆不动声色地向乔治转过身来。“我想是莱尼干的。”他说，“她的脖子断了。莱尼能做到这一点。”

乔治没有回答，只是缓缓地点了点头。他的帽子低低地压在前额上，把他的眼睛也遮掩了起来。

斯林姆继续说道："或许，这就跟你上次说过的在韦德的情况一样。"

乔治再次点了点头。

斯林姆叹了口气，说："哦，我想，我们得找到他。你认为他可能会去哪里呢？"

乔治似乎是在考虑了好一会儿后才说："他——会往南去。我们是从北边来的，所以他会向南走。"

"我想，我们得去找到他。"斯林姆重复道。

乔治又往斯林姆这边走了几步。"要是我们把他带回来，他们有没有可能只是把他关起来呢？他是个呆子，斯林姆。他从不会有意去做这样的事情的。"

斯林姆点着头。"有这种可能。"他说，"如果我们能把柯利留在农场里，就有这种可能。但柯利是想要他的命的。柯利因为他的手还在记恨着莱尼呢。设想一下，他们把他抓住，捆绑起来，放在笼子里。那也够惨的，乔治。”

“是的。”乔治说，“我知道的。”

卡尔森跑了进来。“那个杂种偷了我的鲁格手枪。”他着急地喊，“它不在我的包里了。”紧跟着进来了柯利，在他完好的那只手里提着猎枪。柯利现在已经冷静下来。

“好了，大家听我说。”柯利说，“黑人马夫那里有一把猎枪。你拿上它，卡尔森。当你看到莱尼时，不要给他任何的机会。让子弹把他的肠子打出来。这样他的腰就永远都直不起来了。”

惠特激动地说：“我还没有枪。”

柯利说：“你去索莱达叫个警察过来。把艾尔·维尔茨请过来就行，他是副治安官。我们现在就走吧。”他转过身来，怀疑地望着乔治说，“你跟我们一块儿去，伙计。”

“好的，”乔治说，“我去。不过，听着，柯利，那个可怜的浑蛋是个傻子，你不要开枪打他，他并不知道他在做什么。”

“不要开枪打他？”柯利喊道，“他拿了卡尔森的鲁格手枪，我们当然要开枪了。”

乔治低声说了一句：“也许是卡尔森自己丢了他的枪呢。”

“我今天早晨还见它来着。”卡尔森说，“不，它是被人拿走的。”

斯林姆站在那里低头看着柯利的妻子。他说：“柯利——或许你最好还是留在这儿，陪你的老婆。”

柯利急得脸都涨红了。“我要去，”他说，“我要亲手把这个杂种的肠子打出来，尽管我只有一只手能用。我要抓住他。”

斯林姆转向坎迪说：“那么，你留下陪着她吧，坎迪。我们其他人最好赶紧行动吧。”

大家都出去了。乔治在坎迪身边逗留了一会儿，他们俩都低头看着这个死去的女孩，直到柯利的声音从外面传进来，“噢，乔治！你要和我们在一起，这样我们才会认为你没有参与此事。”

乔治慢吞吞地跟了上去。他的脚步异常的沉重。

在人们都走了以后，坎迪蹲在干草上，瞧着柯利妻子的面庞。“可怜的骚娘们儿。”他语气柔和地说。

人们渐渐远去。谷仓逐渐地暗了下来，马儿在各自的隔栏里刨着蹄子，扯动着辔头的链子叮当地响。老坎迪也躺在了干草上，用胳膊遮住了眼睛。

第六章

萨利纳斯河在山脚下形成的碧绿色深潭，仍在傍晚的暮色之中。阳光已离开河谷，爬到加比兰山脉的斜坡上，玫瑰色的夕阳逗留在群山顶上。可疏影斑驳的悬铃木丛中的池水边，却已罩在了一片怡人的阴影之中。

一条水蛇在池面上轻轻地滑过，左右扭动着它的颇似潜望镜的头。它从对岸游过来，游到了浅水处一只纹丝不动的苍鹭脚下。苍鹭的头和喙猛地悄然没入水中，叼住蛇的脑袋，将它拽出了水面，在鸟喙吞下小蛇时，它的尾巴还在狂乱地摇摆。

从远处骤然刮来一阵风，林中树顶的枝条像波浪似的舞动着。悬铃木的树叶露出银白色的背面，掉落在地上的棕色的枯叶也急速地向前移动了几米。池面上泛起一圈圈涟漪。

这阵风来得急，消失得也快。林中空地又恢复了寂静。那只苍鹭仍一动不动地立在浅水中，等着机会。又有一条小水蛇从对岸游过来，一边游一边摆动着它那像潜望镜似的脑袋。

突然，莱尼从灌木丛中钻了出来，他像一只熊那样悄悄地移动着。苍鹭拍动着翅膀，离开了水面，向河的下游飞去。小蛇也潜入池边的芦苇之中。

莱尼一声不响地来到岸边。他俯身去喝水，嘴几乎贴在了水面上。一只小鸟弄响了他身后的枯叶，他猛地抬起头，朝着发出声响的地方使劲地张望和倾听，直到看到是只鸟儿，他才放了心。尔后，他俯下身又喝了起来。

喝饱之后，他坐到了堤岸上，侧身对着水潭，以便对小径的路口进行观察。他抱膝坐着，用膝盖撑着下巴。河谷中渐渐暗了下来，山顶上却因有火红的晚霞映照，似乎变得越发明亮起来。

莱尼轻声地自言自语道："我敢打赌，我可真的没忘记，藏在树丛里等乔治。"他把帽子拉得很低，遮住了眼睛。"乔治一定会大骂我一顿的，"他说，"乔治会希望他以后独自一个人，再没有我烦他。"他转过头去看红彤彤的山顶。"我可以到那里去，找到一个山洞。"他有些悲伤，"那儿没有番茄酱——不过，我并不在乎。如果乔治不想要我……我就走得远远的，走得远远的。"

此时，在莱尼的脑海中出现了一个胖乎乎的上了年纪的小个子女人。她戴着厚厚镜片的圆眼镜，系着一条很大的上面有口袋的条纹围裙，她古板，爱干净。她站在莱尼的面前，把手放在她的唇上，对他不满地蹙着眉。

当她开口说话时，她用的是莱尼的嗓音。“我一遍又一遍地告诉过你，”她说，“我说过，‘你要好好地待乔治，因为他是个好人，对你也好。’可你总是把我的话当耳旁风。你老是干坏事。”

莱尼回答她说：“我努力了，克莱拉姨妈。我真的努力了。只是有的时候，由不得我自己。”

“你从来没有为乔治着想过。”她继续用莱尼的嗓音说，“他总是帮着你。有一个馅饼，他也会分给你一半，或者一多半。如果是番茄酱，他会都让给你吃。”

“我知道的。”莱尼难过地说，“我努力了，克莱拉姨妈，我真的努力了。”

她打断了他的话：“要不是为了你，他本能活得很快活的。他可以拿着工钱到妓院里好好享受一番，可以去台球室打斯诺克。可是，他得照顾你啊。”

莱尼悲切地呻吟着：“我知道的，克莱拉姨妈。我这就去找一个山洞，住在里面，这样就不会再给乔治带来麻烦了。”

“你只会说这句话。”她严厉地说，“你总是这么说，因为你这个浑蛋也清楚，你从不会那么去做的。你只会黏着乔治，永远地烦他。”

克莱拉姨妈不见了，莱尼的脑海里紧接着出现了一只特别大的兔子。它蹲坐在他的面前，朝他动着耳朵，皱着鼻子。它也是操着莱尼的嗓音在讲话。

“照看兔子。”它嘲讽地说，“你这个傻瓜蛋子。

你连给兔子舔脚的资格都不够。你会忘记了它们，让它们挨饿的。看你这副呆样，你想想乔治会怎么想呢？”

“我才不会忘记呢。”莱尼大声地说。

“你才不会记着呢。”兔子说，“你一文不值，连个上了油的别针都不如。上帝都知道，乔治为了把你拉出臭水沟做了多大的努力，可那又有什么用呢。如果你以为乔治还会让你照顾兔子的话，那你就是疯上加疯了。他不会这么做的。他会用棍子把你打得屁滚尿流，这才是他要做的。”

莱尼激动地反驳道：“才不会呢。乔治绝不会干这样的事。我认识乔治已有——我忘记有多少年了——他从来没动过我一根手指头。他对我好。他才不会虐待我呢。”

“哦，他现在已经讨厌你了。”兔子说，“他准备在痛打你一顿后，远远地离开你。”

“不会的。”莱尼发疯似的喊，“他不会那么做的。我了解乔治。我和他是结伴而行的。”

可兔子却在轻声重复着：“他要离开你了，你这个傻瓜蛋子。他要留下你一个人。他要离开你了，傻瓜蛋子。”

莱尼把手捂在了耳朵上。“他不会，我告诉你他不会的。”他喊道，“噢！乔治——乔治——乔治！”

乔治悄悄地从灌木丛中走了出来，兔子惊慌失措地钻进莱尼的脑子里去了。

乔治平静地说：“你在喊什么？”

莱尼一下子跪起来，直起了腰说：“你不会离开我，是吗，乔治？我知道你不会。”

乔治有些不自然地走上前来，坐在了他的旁边说：“不会的。”

“我知道的。”莱尼激动地说，“你就不是那种人。”

乔治没有作声。

莱尼说："乔治。"

"嗯？"

"我又做下一件坏事。"

"这也不能说明你就不好。"乔治说完又沉默了。

现在只有最高的峰顶还有阳光照着。河谷里的阴影呈现出蓝色，显得格外柔和。远处传来了人们彼此之间的呼喊声。乔治扭过头去谛听。

莱尼说："乔治。"

"嗯？"

"你会对我发火吗？"

"跟你发火？"

"是呀，就像以前那样。比如你说过，'如果没有你，我就能拿着我的五十块钱去……'"

"上帝啊！莱尼，你对发生过的什么事情都不记得，可你却记着我说过的每一句话。”

“哦，是不是你又要说它了呢？”

乔治摇了摇头。他木然地说：“如果是我一个人，我可以活得很轻松。”在他单调的语调里，没有重音，“我可以找到一份安稳的工作，也不会有麻烦。”说到这里他停住了。

“继续讲呀。”莱尼说，“到了月底的时候……”

“到了月底的时候，我可以拿上我的五十块钱，去到……一家妓院……”他又停了下来。

莱尼急切地望着他说：“讲呀，乔治。你还会再对我发火吗？”

“不会。”乔治说。

“哦，我可以离开你走掉的。”莱尼说，“如果你不想要我，我将径直去到山里，找一个山洞。”

乔治再一次摇了摇头。“不。”他说，“我想让你跟我一块待在这儿。”

莱尼狡黠地说：“像你以前那样给我讲一讲好吗？”

“讲什么？”

“讲讲别人，再讲讲我们。”

乔治说：“像我们这样的人，连家人也没有。他们挣下一点儿钱，完了就花掉了。他们在世界上连个亲人也没有，没有人会在乎他们……”

“可我们不是这样。”莱尼高兴地说，“现在就来讲讲我们。”

乔治沉默了片刻。“可我们不是这样。”他说。

“因为……”

“因为我有你……”

“我有你。我们互相拥有彼此，也就是说，我们相互在乎对方。”莱尼兴高采烈地喊道。

傍晚的微风吹过了林中的空地，吹得树叶沙沙地响，碧绿的池面上荡起细碎的波纹。人们的喊叫声再次响起，这一次离他们更近了。

乔治摘下了他的帽子。他声音有些发颤地说：“摘下帽子，莱尼。天气很暖和。”

莱尼很听话地脱掉了帽子，把它放在前面的地上。河谷里的阴影显得更蓝了，夜晚莅临的脚步在加快。一阵风吹送过来人们在树丛中杂乱的脚步声。

莱尼说：“讲一讲咱们的未来。”

乔治一直在谛听着远处的嘈杂声。过一会儿，他变得很务实和冷静。“看着河的对岸，莱尼，这样在我讲给你听时，你的眼睛几乎便能看到它了。”

莱尼转过了头，瞭望着对岸和加比兰山脉渐渐暗下来的坡地。“我们会有一小块地。”乔治开始说。他把手伸进侧兜里，掏出卡尔森的鲁格手枪，他打开了枪的保险，拿枪的手就搁在莱尼身后的地面上。他看着莱尼的后脑勺，看着脊椎和头骨交会的那个地方。

有个人从河的上游那边喊，另一个人回应着。

“讲呀。”莱尼说。

乔治举起了手枪，他的手在颤抖，于是，他再次把手搁在了地上。

“讲嘛。”莱尼说，“讲讲我们的未来。我们会有一小块地。”

“会有一头牛，”乔治说，“或许，还会有一头猪和一群小鸡……在那块田野上……我们还有一小片苜蓿地……”

“是为兔子种的。”莱尼大声说。

“为兔子种的。”乔治重复着。

“由我来照看兔子。”

“由你来照看兔子。”

莱尼快乐得咯咯地笑着：“我们靠土地生活。”

“是的。”

莱尼扭过头来。

“不，莱尼。看着河的对岸，像是你几乎看到了我们的那个地方一样。”

莱尼顺从地转过头去。乔治低头看着手枪。树林里又响起杂沓的脚步声。乔治转身看向那边。

“讲啊，乔治。我们什么时候去买那块地？”

“很快就去。”

“我和你。”

“你……和我。每个人都会对你好。再也不会有任何麻烦。没有谁再伤害谁，没有谁再偷别人的东西。”

莱尼说：“我原以为你会对我发火的，乔治。”

“不会。”乔治说，“不会的，莱尼。我不生气。我从未生过你的气。现在也没有。我想要你知道这一点。”

人们的说话声离得更近了。乔治举起了手枪，倾听着这声音。

莱尼恳求着："让我们现在走，现在就去买下那块地。"

"好的。就现在。我去，我们这就去。"

乔治拿起了手枪，把枪口紧挨到莱尼的后脑勺上。他拿枪的手在剧烈地颤动，可他脸上的表情坚定，手也渐渐稳了下来。他扣动了扳机。枪声震响了对面的小山，又传来了回声。莱尼的身子抖动了一下，然后慢慢地朝前倒在了沙地上，他一动不动地躺在了那里。

乔治的身子一阵发抖，他看了看手枪，随后把它扔到了对面河沿靠近那堆草木灰的地方。树林里的喊声和脚步声临近了。斯林姆在喊："乔治，你在哪里，乔治？"

可乔治仍然静静地坐在河岸上，愣愣地看着他刚才扔掉枪的右手。人们此时都穿过林子，来到空地上，柯利跑在最面前。他看见莱尼躺在沙地上。“上帝，他终于就范了。”他走过去，低头看了看莱尼，然后，他转过头来望着乔治，“正打在后脑勺上。”他轻轻地说了一句。

斯林姆径直来到乔治这里，紧挨着他身边坐了下来。“你不要太在意，”斯林姆说，“有的时候，人不得不这么做。”

这时卡尔森站到了乔治面前，“你是怎么打死他的？”他问。

“就这么打死的。”乔治疲惫地说。

“是他拿了我的枪吗？”

“是的，他拿了你的枪。”

“是你从他手里夺过了枪，并且用它打死了他？”

“你说得对，就是这样。”乔治的声音几乎变成了呢喃。他一直看着他刚才举枪的右手。

斯林姆拉了拉乔治的胳膊说：“走吧，乔治。你跟我一块儿回去，我陪你喝一杯。”

乔治由着斯林姆把自己拽起来，说：“好，喝一杯。”

斯林姆说：“你现在需要喝点儿，乔治。真的需要喝点儿。跟我一起走吧。”他拉着乔治走到那条小径的路口，从那里上了公路。

柯利和卡尔森从后面望着他们俩。卡尔森说：“你觉得他们两个人现在是怎么啦？”